新編

蟲洞書簡

王溢嘉

推薦語

年輕的生命之所以可貴，在於它在各個向度上都充滿許多可能。但生命的可能並非免費的贈與，它首先需要被看見，然後才能被試探，注入熱情、時間，成為奇特的果實。《蟲洞書簡》是本「可能之書」，尤其當我們的教育往往只鼓勵單一價值時，它提供了廣闊的頻譜，讓我們理解選擇是創造人生意義的開始，而生命本應該自信、獨立、豐饒。

——**王智忠**（新竹女中國文科教師）

第一次讀《蟲洞書簡》，我高三。有位長者講了許多生命故事，那些故事都是「真的」，使我興起「有為者亦若是」的抱負。二十年過去，閱讀《新編蟲洞書簡》，像和少女時期的自己對話，於是我明白這本書適合一代代成長中的人。

——**田威寧**（作家．北一女中國文科教師）

王溢嘉重新打造一本跨時代、多觀點的人生夢想書，《新編蟲洞書簡》除保有談心談情的溫暖外，也透過書信的形式，和年輕讀者談人生夢想、談自我探詢。年輕是一首悠揚的曲韻，譜寫著人因夢想而偉大的大調。這本書於落英繽紛時觀之，立定壯闊之志；於竹深蟲鳴處看之，打造美好之境；於寒蟬楓紅裡閱之，享受秋收之足；於急雪舞迴畔讀之，靜蓄沉潛之力。謝謝王溢嘉總讓我們都有勇氣把夢想繫在衣襟上，盡情追尋，那道彷彿若有光的指引。

——**宋怡慧**（作家．丹鳳高中圖書館主任）

年輕時迷惘，有太多的問題不知道要請教誰，有太多的不肯定不知道要詢問誰？總希望年長的自己能穿越時空回來告訴我：「不用擔心，你的未來會遇到誰，會在哪裡落腳……」而王溢嘉像是青年的人生導師，透過書信說著殷殷話語，叮嚀著年輕人說不要擔心，因為人都是這樣長大的。《新編蟲洞書簡》，只希望我年輕時有這樣的一本書。

——**何興中**（臺南一中學務主任）

王溢嘉老師的《新編蟲洞書簡》，是一本尋找自我以及生命意義之書。書信體的寫作形式，可以侃侃而談個人的生命思考，也可以提點青春的徬徨迷惑。那些智慧話語無比懇切雋永，具有警醒意義，充滿了正能量。

——**凌性傑**（作家．建國中學國文科教師）

輕啟扉頁，坐遊寰宇，彷彿穿越時光蟲洞，再次與前人交織激盪燦爛的火花。閱讀可以和作者對話、和學習對話、和世界對話，最終能夠和自己對話，才是真閱讀。謝謝王溢嘉老師的好書《蟲洞書簡》持續帶領我們回顧與邁步向前。已經擁有的你，值得再次品讀；尚未擁有的你，值得立即收藏，成為生活必讀的瑰寶。

——**張文銘**（臺中市光德國中 Super 教師／閱讀推手）

身處追求某種集體標準的年代，「對話」顯得格外重要。第一次讀《蟲洞書簡》在高中時代，當時囫圇吞棗。第二次讀《新編蟲洞書簡》，因身分閱歷不同，閱讀時彷彿透過文字直抵蟲洞，與年少的自我對話。真誠推薦這本能夠觸動不同年齡的對話之書！

——**陳育萱**（作家．彰化高中國文科教師）

人生如能重來，能否不一樣？《新編蟲洞書簡》藉由一篇篇「英雄故事」昭示讀者，不僅適合迷惘的青春學子，對投身社會的大人也能有所體悟。人生不能重來，甚至不斷徘徊，猶幸《蟲洞書簡》將如璀璨星光指引著我們前往未來。

——**陳盈州**（臺南高商國文科教師）

通過超時空隧道，給自己的宇宙情書，一端是年長已增智慧的你，一端是好奇未明的你。以書簡形式連結著心靈密道，其中有的是溫潤的話語，沉思的紀錄，更多的是一一閃現的靈魂，以他們生命的凝結，雕塑晶瑩璀璨的恆心與夢想，發出奇幻的光。在這名為「成長」的路上，讓你看到原型及變化，形成真實力量的一個名字，屬於自己。

——**陳美桂**（北一女中國文科教師）

生命的追尋，看似漫長且無邊際；生命的探索，看似沉重且嚴肅的。但是，王溢嘉《新編蟲洞書簡》以輕鬆的筆調，閒談的心情，帶領我們穿越心靈的蟲洞，在看似縹緲的時空中，探尋每個人生命輿圖中的停靠點，在每個停靠點中，覺察自己的困頓點，進而有勇氣探索自己的未知，走向自我人生的至高點。

——**陳珮汝**（臺北市興雅國中國文科教師）

我們都曾年少過，都曾在自我追尋、自我認同中感覺騷動不安、感覺暗黑、感覺迷茫，若能穿越蟲洞，遇見過去的自己，我想與年輕的我言和擁抱，並遞上一本《新編蟲洞書簡》，有了智者在前方提攜引領，青春路上便多了一道溫煦的光芒。

——**黃庭鈺**（新竹女中國文科教師）

當青春只剩回憶，才發現咬著牙走了很長的路。生命的堅強與韌性超乎我的想像，那是年輕時閱讀的文字滋養內化了我骨血，導航了迷惘的自己。這是一本不說教只陪伴、沒有絕對答案只有不同選擇的書籍，讓我們在孤獨中似乎也有了同路的溫暖。

——**黃韻嫻**（東石高中國文科教師）

青春時期的學生總是迷惘：對成長、對未來，甚至是對自己。然而《新編蟲洞書簡》宛若一盞無死角的探照燈，能讓以為前方無路可走的人，發現各種嶄新可能。書中兼陳各個領域的溫暖小故事，不同人物的生命困境，絕對是能夠一面閱讀，一面備受鼓舞的正能量高倍速好書！

——**游淑如**（詩人．屏東女中國文科教師）

在莊子〈逍遙遊〉裡，鯤之所以化為鵬，是否因覓得蟲洞，方能摶扶搖、越時空，進而脫胎化骨？《新編蟲洞書簡》，作者以「自然八卦」為經，以「故事格言」為緯，縱橫一張生命輿圖。附以一詩為證：

以紅塵為釜甑，
以試煉為柴火，
以甘苦為藥引，
再佐以一道春雷，
劈向宇宙的混沌，
而在M與W的心電圖裡，
掙扎，蟄伏，重生：
顯微人生的脈絡肌理，
剖面過去與現在，現實與夢想；
在心靈的蟲洞裡，觀照與透澈。

——**楊朝淵**（臺中市立清水高中國文科教師）

人生是一段自我追尋和覺醒的旅程。「我是誰？」、「我的人生樣貌將如何？」、「我要如何走向這段人生旅程？」、「我的人生價值又為何？」，在成長歷程中，對自我的諸多茫然，在閱讀過這本書後，王溢嘉老師耐心周詳地循循善誘，可以幫助我們找到人生旅程的指南針，成為真正的自我。

——**劉美娜**（臺中市崇倫國中國文科教師）

自序 夢想與生命追尋的輿圖

這是一本和年輕人談心、談人生、談自我追尋的書。

本書在舊版問世後，先後有數篇文章被選入國中、高中與國小的國語文教科書中，也被很多中學老師推薦為學生的課外讀物。我一直心懷感激。

最近，因自家的野鵝出版社即將結束，我本想就此告一段落，不再發行此書，非常感謝有鹿文化出版公司許悔之先生的美意，願意讓本書繼續流傳。為了不負盛情，我特別對原書內容做了一些修改（有的是整篇換掉），並增加跟親子關係相關的九篇文章（由我以前在《親子天下》的專欄改寫而成），另成一個單元〈回首來時路〉，可以說是名副其實的《新編蟲洞書簡》，對新舊讀者來說，應該都是更理想、完善的一個版本。

凡事必有因。我為什麼會想到要寫這樣一本給青少年看的勵志書呢？大約二十年前，當我看到正在讀高中的女兒和讀國中的兒子時，經常想起自己的過去，想起自己在青春歲月裡曾經有過的嚮往、輕狂、徬徨與悲歡，而興起無限的感慨與懷念。我覺得我有很多話想要跟他們說，因為我是個作家，覺得用說的不如用寫的，又因為認為書信體比較親切，好像在跟他們談心一樣，所以就開始著手寫這一系列的書信。

寫了幾篇後，覺得應該「幼吾幼以及人之幼」，與其只寫給自己的兒女看，不如寫給更多的青少年看，所以在語氣上有了一些變化。在寫了更多篇後，又發現我在這些書信裡的叮嚀和祝福，表面上，是想說給我的兒女和時下的青少年聽的，但事實上，卻也是我在跟過去的自己交談。在語言或文字後面，隱藏的其實是一個祕密的渴望：「如果我還像你這樣年輕，我就將會如何如何。」

這也是我最後將這些書信的收信人稱為M，而發信人則是W的原因。M可以是我的兒女、是你、是現在的年輕讀者，但也是過去的我；W則是我的姓Wang的縮寫，M和W一前一後，還有顛倒乾坤的趣味。因此，如果你覺得本書有些地方好像在對你說教，還請你多多包涵，那其實是在說給過去的我聽的。而我將本書命名為《蟲洞書簡》，正也暗含這個意思，因為根據當今奇妙的天文物理學理論，當我們搭乘太空船在浩瀚的宇宙中旅行時，如果穿越蟲洞，那就彷如穿過時光隧道，會遇見過去的自己。

人生，是一個不斷追尋和實現的過程。不同的追尋和實現，形成每個人獨特的生命輿圖與人生劇本。它們多如恆河沙數，但如果仔細去辨認、分析這些輿圖與劇本的結構和脈絡，卻也不難發現，它們其實是由一些更基本的元素串連、拼湊而成，就好像生物界的基因輿圖。當今的生物學家正摩拳擦掌，想拼繪出決定人類身體的遺傳基因在染色體上的座標。相對於遺傳基因，人類也有一些非遺傳性的觀念基因，譬如人生觀、價值觀、道德觀等，它們跳躍式地閃現於塵世的舞台上，就是這些基因組成了古往今來豐饒的眾生相，以及人之所以為人的風格、尊嚴與榮耀。

所謂生命的追尋，有部分工作就是到古今中外一些發光的生命體中，去尋找此類的觀念基因——生命的靈感，並嘗試挑選、剪裁自己喜歡的某些基因，將它們嵌入自己的生命輿圖之中。除了極少數人外，大多數人都需要先覽讀前人的生命劇本，然後再加油添醋，去撰寫屬於他自己的人生劇本。

年輕，是尋找英雄、追隨英雄的時刻。在這些信件裡，我穿越我心靈的蟲洞，到飄浮的時空中，四處去挑選、剪裁某些英雄人物生命中所流露出來的、讓人感到溫熱的特質。它們大多是我不再年輕時才發現的，本想經由物理學的蟲洞投遞給過去的自己，再向春風舞一回，但卻不得其門而入，所以最後收到信的其實是現在的你。

祝福你收信平安，開卷有益。

王溢嘉　二〇一七年十一月

目錄

地集◉登舟望春月

雷集◉吳鉤霜雪明

風集◉風簷展書讀

水集◉回首來時路

山集◉海內存知己

澤集◉縱浪大化中

天集——

振衣千仞崗

鏡裡朱顏

M：

「這就是我嗎？」

你說你最近常在深夜攬鏡自照，如此自問，並感到迷惘。

希臘神話中的納西瑟斯（Narcissus），看到自己在水中的倒影，出神凝視，竟至愛上了自己。你說你是有點納西瑟斯，但又不那麼納西瑟斯，你沒那麼自戀，更不想成為水仙花。

你說你的眉毛雖然英挺，卻有點誇張；眼睛雖然清澈，卻有點空洞；嘴唇雖然紅潤，卻有點薄弱。在你那稚氣的優美中，你看到的是稚氣多於優美。

「這不是我想要的我。」你對鏡徬徨，你凝視鏡子，希望再造一個更令自己滿意的「我」。

攬鏡自照，是一種奇妙的體驗。面對鏡中那個影像，總是讓人想起「我是誰？」這個惱人的問題。

「我是誰？」當你對鏡猜疑時，我想你在意的並不是你叫M、是一個學生這類的身分，或是眉毛、眼睛、唇角所組成的形體，而是某些內在的特質、信念、期待、抱負、興趣等等，也就是你思想、意識、情感和記憶的主體，一種被稱為「靈魂」或「自我」的東西。鏡子，不僅讓我們看清自己的形貌，而且想起形貌背後的靈魂或自我。

我們忍不住想對鏡裝扮。只是有些人想裝扮他的形貌，而有些人想裝扮他的靈魂。不管是裝扮自己的形貌或靈魂，我們都因鏡子而成為一名演員。

現在終於輪到你在塵世這個舞台登場演出的時刻。

如果你想裝扮自己的形貌，你可能需要更大的鏡子、更多的燈光；但如果你想裝扮自己的靈魂，我勸你最好將眼光從手中的鏡子挪開，到其他地方去尋找你需要的鏡子。

「以銅為鏡」不如「以人為鏡」。

在這齣即將由你擔綱演出的人生之戲裡，你要演出什麼角色，雖然由你自己決定；劇本也有賴你自己去編寫；但如果你想要有精采而漂亮的演出，那你也許應該先參考一下前人的戲碼。在古今中外的舞台上，有過多少可歌可泣可感的角色和劇本，它們都可以是你的鏡子。

其實，你也是一面鏡子。你彷彿「手中青銅鏡，照我少年時」，讓我想起年輕時候的自己，想起自己曾經有過的夢想、徬徨、執著與猜疑。「風雲入世多，日月擲人急；如何一少年，忽忽已四十？」聽到你對鏡猜疑的心聲，讓我興起無限的感慨。

在你即將登場演出的時候，我這個過來人也許可以提供你一些鏡子——一些我覺得不錯的角色和劇本，不是要你照單全收，依樣畫葫蘆，而是從中篩選適合裝扮你靈魂的顏料，擷取編寫你演出劇本的靈感。

W上

尋找英雄的劇本

M：

在塵世舞台的眾多戲碼中，我準備提供給你的是英雄的劇本。不是因為我認為你適合做英雄，而是因為你年輕。年輕，原本就應該是尋找英雄、追隨英雄的時刻。

每個人心目中都有英雄。有的人崇拜微軟巨人比爾．蓋茲（Bill Gates），有的人謳歌搖滾女王瑪丹娜（Madonna），有的人心儀電影大師李安。英雄讓人羨慕，心想自己如果能像他們，那不知道該有多好！但英雄也讓人尷尬，因為覺得自己畢竟差他們太多。

胡適在三〇年代，是很多人心目中的英雄。他到處演講，鼓勵年輕人應該依循自己的稟賦和興趣，開創自己的人生。他的睿智、博學和風采，不知讓多少人興起「有為者亦若是」的雄心。

歷史學家唐德剛在譯注《胡適口述自傳》時，說他曾為此和胡適「抬槓」。唐德剛的意思是：胡適是個大學者、大文豪、大有成就的英雄人物，但這個世界裡萬分之九千九百九十九的人都是「沒有成就」的普通人。如果要勸每一個人都去追隨英雄，立志去做李白、畢卡索（Pablo Ruiz Picasso）、胡適或愛因斯坦（Albert Einstein），「那這世界還成個什麼世界呢？」

的確，我們絕大多數人終將都只是個平凡人。一個在小出版社工作以終的文字編輯，若想起學生時代如何景仰胡適，可能只會徒增尷尬而已。即使你「幼有神童之譽，少懷大志」，到頭來也可能是「長而無聞，終與草木同朽」。尋找英雄、追隨英雄，不只是跟自己過不去，而且也不符合社會的需要。就像唐德剛所說：「我們應該教育一個人怎樣做個沒有成就的普通人。」

也許，我們應該安於做個平凡人，簡簡單單過日子，不求聞達。但總是有人會覺得不甘心。

其實，覽讀英雄的劇本，並不是就要你立志當英雄。

因為在這些劇本裡，最後成為英雄的人，有百分之九十九在年輕時候，也都只是個普通人。胡適並非從小就立志要當英雄，像你這樣的年紀時，他就讀於康乃爾大學農學院，一點也不出色。當他在課堂上為蘋果的分類問題搞得汗流浹背、喪神敗志時，有誰想得到他將來會是個大學者、大文豪？

英雄的劇本比凡人的劇本更吸引人，不只因為英雄有著多采多姿、波瀾壯闊的人生；更因為它告訴我們，生命是柳暗花明、不可預期的，而讓我們能對人生充滿憧憬。

雖然每個人也許只有「萬分之一」的機會成為英雄，但因為沒有人能預知誰將是明日的英雄，我們似乎也不應該在年輕時候，就過早放棄這個希望。

所以，我決定提供你英雄的劇本，一種成為更高、更好的人的劇本。不是要你當英雄，而是希望你認識在塵世這個舞台上，曾經有人如何裝扮他的靈魂、追尋他的自我，而最後成就了跟別人不一樣的人生。

W上

迷宮中的自我

M：

美國詩人奧登（W. H. Auden）說：「我們每一個人終生都帶著一面鏡子，它就像影子一樣獨特，且無法擺脫。」

這面「鏡子」不只呈現自己，也映照別人，我們每一個人都置身於這樣的鏡子迷宮中。日本大導演黑澤明在少年時代，每天清晨一身短打裝扮，到劍道場習劍。他攬鏡自照，覺得自己「劍眉星目」、是個「悲壯的少年劍客」。但在昔日同學的回憶中，他卻是個「皮膚極白」、「聲音如女性般柔和」，讓人產生「奇妙的、酸酸甜甜感覺」的素顏白肌之男。

精神分析大師佛洛伊德（Sigmund Freud），年輕的時候攬鏡自照，對自己浮現在鏡中的影像不甚滿意。在寫給未婚妻瑪莎的情書裡，他說：「妳真的認為我的外表很迷人嗎？我個人對這點倒是非常懷疑……，自然並未以其仁慈之心在我臉上烙上天才的標誌。」「每當我遇到一個人時，我知道總有一種難以形容的衝動，會使那個人低估了我。」

在鏡子的迷宮中，「理想的我」和「現實的我」、「自己眼中的我」和「別人眼中的我」之間，往往存在著不小，甚至痛苦的差距。

但我想黑澤明即使不是個「悲壯的少年劍客」，到了中年，卻已是個無人能否認的「悲壯的中年劍客」；而佛洛伊德到了晚年，更是舉世公認二十世紀最偉大的「天才」之一，沒有人敢「低估」他。

人的可貴是他會反省、他會期盼、會傾聽自己「靈魂」或「內在演員」的召喚，而渴望「再造一個理想的我」。然後在「朱顏辭鏡」的那一天，在為生命卸妝時，不是哀傷與追悔，而是滿意地對著鏡子說：「你已經在人生的舞台上做了漂亮的演出。」

英國小說家王爾德（Oscar Wilde）在《格雷的畫像》（*The Picture of Dorian Gray*）這部小說裡，描述主角格雷肖像的神情、風采，甚至容顏，如何隨著他在塵世的思想與行為、沉淪與飛揚「與時俱變」，而他的心情也跟著浮沉。

我們必須對自己浮現在鏡中的影像負責。不是鼻子有多挺、嘴唇有多薄，而是「自我」所流露出來的神韻和風采；不是別人認為我們如何，而是我們對自己的觀感。

自我乃是未完成之物，每個人都必須從自己和別人所組成的鏡子迷宮中，去構築他的未來；在現實生活中，去追尋、選擇、鍾鍊他的自我理想影像。不必再為「目前的你」或

「別人眼中的你」傷神，張開雙手，擁抱未來吧！就像喬埃斯（James Joyce）在《一個年輕藝術家的肖像》（*A Portrait of The Artist as a Young Man*）裡所說的：

「喔，歡迎你，生活！我將與經驗的實體做第一百萬次的交會，在靈魂的熔爐裡鍾鍊那拙樸未鑿的自我。」

W上

擺脫生命的魔咒

M：

在生命的旅途中，當我們還未在靈魂的熔爐裡錘鍊自我，還在為「我是……」猜疑時，總是有人喜歡提早「斷言」我們是怎樣的一個人。

愛迪生（Thomas Edison）在八歲時，進入休倫湖唯一的一所小學就讀，在讀了三個月後，每次考試老是倒數第一名。校長當面對人說：「他的頭腦痴呆到了極點。」愛迪生一氣之下跑回家，不肯再去上學。母親帶著他去找校長，她不相信自己的孩子是低能兒，但校長卻「鐵口直斷」。最後，母親在激辯無效後，只好帶著愛迪生回家，自己教他唸書。

這個「低能兒」後來卻成為有史以來最偉大的發明家。

馬歇爾．費爾特（Marshall Field）在少年時代到父親友人所開的店鋪學做生意。一日，他父親來問友人兒子的表現如何？老闆說：「為了你孩子的前途，我不得不告訴你，馬歇爾不夠機敏，即使留在我店裡一千年，也不可能成為一個像樣的商人。你還是把他帶回家，教他種田吧！」

但馬歇爾沒有回家種田，他獨自到芝加哥闖天下，後來成為長袖善舞、叱吒風雲的商業鉅子。

愛因斯坦在慕尼黑高中就讀時，除了數學外，其他成績都不甚了了。他對機械式的教育感到相當痛苦，特別是他父母此時都在義大利的米蘭，他渴望離開慕尼黑到米蘭去，而請一位醫師開了一張他「必須休養六個月」的證明。他擔心學校不會准假，想不到老師說他隨時可以離開學校，因為「班上由於你的存在，破壞了學生之間應有的尊嚴。」結果，這個被認為「破壞學生尊嚴」的人，成了二十世紀最偉大的物理學家。

除了熱心人士外，還有一些特殊的方法，譬如性向測驗和智力測驗，則會「科學」地告訴你適合從事什麼工作。

加德納（Howard Gardner）在十三歲時，被滿懷期望的父母帶到新澤西州的霍柏根市，花了三百美元接受為期一周的詳細智力測驗和性向測驗，希望即早發現他「將來適合做什麼」。測驗結束，專家告訴他父母說：「你們的孩子在各方面都不錯，但似乎最擅長抄寫書記之類的事物。」父母和加德納聽了，都若有所失。

後來，加德納在以優異的成績獲得哈佛大學的心理學博士學位後，專研人類的智能問題，反「將」傳統的智力測驗一「軍」，直言它是一種「殘暴」的工具。他所提出的「智能七元說」，不僅為僵化的ＩＱ論點敲起了喪鐘，而且帶來了智能觀的革命。

在生命的旅途中，當「你是……」的斷言從某些人的口中說出時，它們很可能就會成為你生命的魔咒。凡人受其肆虐，為之氣餒神傷，而在不知不覺間成了魔咒的祭品；但英雄卻「不信邪」，披荊斬棘，為自己開創前程，不只擺脫那些魔咒，而且讓它們成為笑柄。

W上

喚醒沉睡的力量

M：

生命的魔咒不只來自他人，也來自自己。

海倫．凱勒（Helen Keller）說：「我們最可怕的敵人不在懷才不遇，而在我們的躊躇、猶豫。認定自己是這種人，於是便只能成為那樣的人。」

一個既盲、又聾、又啞的人，能做什麼呢？海倫．凱勒在十九個月大時，因為一場大病，而成為這樣的重度殘障者。這種令人絕望的不利生存條件，在童年時代曾經讓她自暴自棄，變得任性而蠻橫，成為一個「不可救藥」、「沒有靈魂」的小暴君。

但從七歲起，在沙利文老師（Anne Sullivan）熱心與耐心的啟迪和教導下，沉睡的力量逐漸甦醒了過來，海倫．凱勒不僅學會了說話、手語、用盲文讀寫，而且成為全世界第一個盲人大學畢業生。她寫過很多書，包括感人的《我的一生》（*The Story of My Life*）、《海倫．凱勒的日記》（*Helen Keller's Journal*）等，終生為了推動盲聾人士的救助事業而奔走於世界各地，從一個「沒有靈魂」的重度殘障者變成生機蓬勃、睿智的國際名人，比大多數耳聰目明的人都更有成就、更有活力，也更快樂。

小說家威爾斯（H. G. Wells）稱讚她是「美國最了不起的人物」，馬克·吐溫（Mark Twain）則將她和拿破崙（Napoléon Bonaparte）並譽為「十九世紀的兩位傑出人才」。而多數人更認為海倫·凱勒和她的老師沙利文是「奇蹟創造者」。

所謂「奇蹟」，其實是海倫·凱勒和沙利文都不畫地自限（沙利文在五歲時也因眼疾而失去視力，並在救濟院度過四年悲慘的歲月，後來動手術才恢復視力），滿懷信心地將自己的潛能發揮到極限。

潛能，並不是裝在口袋裡，你想用就能拿出來用的東西。它是一種沉睡的力量，需要你去喚醒它、開發它。

海倫·凱勒有極為敏銳的嗅覺。她在幾里外就能聞出啤酒釀造廠的味道；只要聞沒有葉子的樹枝，就能說出樹的名字。但這不是她的嗅覺功能生來就超乎常人，而是因為為了彌補盲聾缺陷，充分開發其嗅覺潛能的結果。

事實上，我們都未充分開發自己的潛能。當然，這不是說潛能是「無限」的，而是在沒有充分開發之前，我們不知道它的「極限」在哪裡。

「我感覺到一種無可言喻的溫柔的聲音，我嚇了一跳。每一片葉子就像話家常似的發出聲音。從那次以後，我便常在雨滴如珍珠般自枝葉中流下時，撫摸著樹幹。這時，我就能感覺到如小精靈般的低笑。」

這是海倫・凱勒撫摸雨後的樹幹所寫出的美麗詩篇。它的令人感動，不只因為它喚醒了她沉睡的潛能，更因為在擺脫生命所加諸於她的魔咒後，世界在她心中變得如此美好。

造物主對於我們每一個人，比起海倫・凱勒不知要優厚多少倍。如果你畫地自限，自怨自艾，認為自己就是這種人，那你就真的只能成為那樣的人。

W上

幾度峰迴路轉

M：

雖然你出生得晚，但你應該聽過「嬉皮」這種人。

在二十世紀的六〇年代，美國及世界各地曾出現一大堆蓬頭垢面、反戰、反對既定社會秩序、吸食大麻、隨遇而安、鼓吹自由性愛的嬉皮。有人皺眉、有人拍手，在相互叫罵中，社會紛擾了好幾年。

但到了七〇及八〇年代，有不少嬉皮卻搖身一變，成為西裝革履、打領帶、手提〇〇七皮箱、善於察言觀色、好飲美酒與愛用古龍水、歌頌布爾喬亞生活的商場好手和社會中堅分子，讓大家都鬆了一口氣。

為何會如此？答案可能有千百個。其實不必有什麼深奧的答案，因為生命本就有出人意表之處，幾度峰迴路轉，人生已產生了一百八十度的大轉變。

林語堂曾寫過一本《吾國與吾民》（*My Country and My People*），原著是英文，主要是在向西方人介紹中國文化。但年輕時候的林語堂，對中國文化實在是不甚了了。他生長於福建鄉下的基督教家庭中（父親是個牧師），熟習的是聖經；大學讀的是上海聖約翰大學，專研的是英文。他說他到大學畢業，還沒聽過孟姜女哭倒萬里長城的故事，只知道《聖經》中喬舒亞的號角曾吹倒巴勒斯坦古都耶利哥城。

但這樣一個相當「西化」的青年，日後卻成為中國民俗、神話和宗教的熱情探討者和傳播者。

領導印度人對抗英國殖民統治，爭取獨立的甘地（Mohandas Karamchand Gandhi），是世人景仰的一位聖雄。我們最常看到他的一張照片是：一個如苦行僧般的老人，光裸著棕色上身，圍著腰布，趺坐在古老的手工織布機前，怡然自得地織著印度傳統的麻布。

但甘地在四十歲以前，卻從未看過印度傳統的織布機。

有很長一段時間，他甚至對自己生為一個印度人感到羞恥。在叛逆心強的中學時代，他曾背棄自己宗教的素食戒律，和同學偷偷吃肉。他嘗試說服自己：印度人之所以變成一個衰弱的民族，就是因為不吃肉。

十六歲時，他不顧宗族要將他「除名」的壓力，剃掉了屬於自己階級的髮束，身穿黑色西裝，足登亮麗皮鞋，胸懷嚮往西方文明的熱忱，隻身前往英國留學。他近乎歇斯底里地添購衣帽、學跳舞、拉小提琴、閱讀《新約聖經》，恨不得自己成為一個如假包換的英國紳士。後來，他到了不少印度移民者嚮往的天堂——南非，當起了人人艷羨的律師，和美麗的妻子過著優裕的生活。

但幾度峰迴路轉，甘地竟回到殘敗不堪、飽受欺凌、壓榨的故鄉，重拾被他所厭棄的印度宗教戒律和織布機，領導他的同胞對抗英國的殖民統治，從一個獨善其身的個人主義者，蛻變成一個兼善天下的社會運動家。

人不只會變老，也會變好，或者變壞。生命如流水，不只會流動，水在遇冷時，還會從液體變成固體；遇熱時，則從液體變成氣體。

除非你的生命是一灘死水，或在原地踏步，否則，沒有人能從今日的你預知明日的你。

W上

永遠不會太晚

M：

很多人抱怨，他們不是不想成為一個更高、更好的人，而是在這個講求時效的時代裡，他們起步太晚，一切都已太遲。

如果是和他人從事短時間的競爭，譬如一百公尺短跑，那起步太晚，可能真的會太遲。但如果是馬拉松長跑，起步比別人晚一點，並非勝負的關鍵。人生的旅途比馬拉松不知更長幾萬倍，特別是你還這樣年輕，不管你想做什麼，應該都沒有「太晚」的問題。

想當一個優秀的醫師，要幾歲念醫學院才不會太晚？史懷哲（Albert Schweitzer）為了實現他到非洲從事醫療傳道的理想，而去念醫學院時，已經三十歲。當他做這個決定時，遭到很多親友的反對，因為他當時已經擁有哲學、神學和音樂三個博士學位，在神學院裡當講師；三十歲才去念漫長而艱辛的醫學院，不只太晚，簡直就是跟自己過不去。

但史懷哲卻義無反顧，在念了八年，通過醫師資格考試時，已經三十八歲。但在隨後的歲月裡，他對醫學、病人和全人類所做出的貢獻，卻比那些在十五、六歲就跳級考上醫學院的所謂「資優生」，要多出許多。

想當一個傑出的畫家，要幾歲開始學畫才不會太晚？劉其偉和同事到台北中山堂去參觀工程師香洪的畫展時，擔任台糖工程師的他，在同事半調侃半激勵的情況下，興起了繪畫的渴望。於是回家後就去買紙張和材料，正式提起畫筆，開始學作畫，當時他已三十八歲。

有了興趣，再加上勤學，他的畫藝進展神速，第二年作品就入選第五屆台灣省美展，第三年就舉行個人畫展。此後，不僅作品連連得獎，更進而成為國內外大專院校藝術系的教授，是台灣最具代表性的畫家之一。他的成就，遠比大多數從八歲就開始學畫的人要多出許多。

想建立一個跨國企業，要幾歲開始著手才不會太晚？科勞克（Ray Kroc）到加州聖伯納蒂諾的麥當勞兄弟店參觀，看到他賣給他們的八部拌奶機不停地運轉，並親自嘗過他們的漢堡和薯條後，覺得這個生意可以做，於是鼓其三寸不爛之舌，說服胸無大志的麥當勞兄弟和他合作，由他負責在各地開連鎖店，將麥當勞推廣到全美國。當時科勞克已經五十二歲，不僅年過半百，而且一身是病，患有糖尿病和關節炎，動過甲狀腺手術。

但他卻覺得「我還年輕，還會成長，我的心飛得比飛機還高」。而事實就是如此，在五十二歲才起步的事業，到他七十六歲的一九七四年，麥當勞已成為總收益超過十億美元的跨國大企業。

所謂「晚不晚」，其實是相對的，看你跟誰比。如果是跟音樂神童莫札特（Wolfgang Amadeus Mozart）和軟體先鋒比爾．蓋茲比，那你可能是太晚了，但如果是跟史懷哲、劉其偉或科勞克比，那你卻一點也不晚。

當然，你也不能因為不會太晚，覺得時間還多得很，而就「濁酒三杯沉醉去」，白白糟蹋了寶貴的青春。

W上

化不可能為可能

M：

一個活在三百年前的人，如果能夠甦醒過來，那必然會大吃一驚。而最讓他吃驚的可能是：在他那個時代被認為「根本不可能」的事，現在居然都一一出現在他眼前。人類三百年來最大的進展是科技，我們今天非常熟習的電燈、電視、汽車、飛機、電腦、手機等，對三百年前的人類來說，根本是「不可能」的。有趣的是，很多科技產品在初次問世時，也都被當時的很多科學家認為那根本「不可能」，甚至說那只是個「騙局」。

當電話發明的消息由電報傳到愛丁堡時，當時知名的物理學家泰特（Peter Tait）正在愛丁堡，他說：「這是騙人的，這種發明在物理學上根本是不可能的。」

當愛迪生發明留聲機後，法國科學院的一群科學家弄來一部留聲機，當場示範。一位以博學聞名的科學家在聽後，拉著示範者的衣服，大聲罵道：「卑鄙的傢伙！我們不願被這種低級的腹語術所欺騙！」

很多偉大的發現者或發明家，在尚未成功前，更被認為是「精神有毛病」。齊柏林（Ferdinand, Graf von Zeppelin）當年為了製造可以操縱的飛船，待在波登湖畔好幾年，他投下龐大的錢財，以驚人的執著，埋頭一再實驗。附近的人都說他是一個可憐的妄想症病人，應該住進精神病院。直到有一天，他成功地駕著飛船遨遊了，大家才知道原來他不是精神病人，而是一個偉大的發明家。

如果人類一開始就認為我們「不可能」在天上飛，「不可能」看到眼睛看不到的東西，那也就「不可能」有科學及藝術上的種種突破和創新。絕大多數的突破和創新都是在不可能中看到可能性，進而化不可能為可能。

如果你認為「太陽底下沒有新鮮事」，重要的想法和事情都被前人想過、做過了，重要的發明、作品、探險都被前人完成了，那麼你就不會再有任何挑戰、任何需要和任何問題。換句話說，不會再有任何的創新，目前所擁有的一切都是最好的，「不可能」再有比這更好的方法、更好的人生。

因為發現遺傳因子DNA的雙螺旋體結構而榮獲諾貝爾醫學獎的克利克（Francis Crick），在獲得這項石破天驚的大發現時，不過是劍橋大學分子生物研究所的博士班學生，他後來在接受訪問的時候說：「當你踏進科學殿堂時，你就會被人洗腦，他們告訴你要多麼小心，科學發現是如何困難等等。」克利克將此稱為「研究生症候群」：一個研究生幾乎不敢相信自己能有什麼科學發現。但克利克卻敢於相信，結果他化不可能為可能。

生命是由無數的可能和不可能所組成，但誰也不知道它們的界線在哪裡。從不可能中看到可能性，而且化不可能為可能，既不是騙局，也不是妄想，你應該敢於去相信。

W上

我有一個夢

M：

「人因夢想而偉大，」美國總統威爾遜（Woodrow Wilson）說：「所有的成功者都是大夢想家；在冬夜的火堆前，在陰天的雨霧中，夢想著未來。」

當催促你登場演出的鑼鼓聲在遠方響起時，你應該有你的夢想。夢想一個美好的未來，並非奢侈，而是必要。

沒有夢想或失去夢想的人生，就好像黑白的影片，看起來平淡，甚至有點陰鬱。但一旦你有了夢想，即使是to dream the impossible dream（夢想不可能的夢想），to touch the untouchable star（碰觸不可及的星辰），也會讓你的人生立刻染上一層瑰麗的色彩。夢想，使人生充滿了燦爛的希望。

其實，每一個人都有過夢想。只是有的人能不改初衷、百折不回、勇往直前地去實現它；有的人卻輕易妥協，一再修正，而讓美夢失真。

現代舞的先驅鄧肯（Isadora Duncan），是個不幸的窮家女，但卻夢想成為一個偉大的舞蹈家。為了實現夢想，她不畏艱難，十八歲時和母親從舊金山遠赴芝加哥，向無數劇團的經理毛遂自薦，但卻遭到無情的冷落和拒絕，儘管盤纏用盡，連外祖母遺留的首飾也典當了，連續一個禮拜只能靠廉價的番茄充飢，但她還是不死心。

二十一歲時，為了到歐洲尋求更好的演出機會，她和家人與數百隻被關在籠子裡的牛隻搭乘運牛船前往英國。初抵倫敦時，經常因付不起旅館費而睡在公園的冷長椅上，每天只吃一便士的小餅。但她對此皆甘之如飴，因為飢餓和她的夢想比起來，根本不算什麼。就是這樣的「空乏其身，餓其體膚；動心忍性，增益其所不能」，最後才使她的美夢成真。

每個人都有夢想，只是有的人夢想愈變愈大，有的人卻愈變愈小，而終至消逝於無形。

IBM的第一任總裁托馬斯．華生（Thomas J. Watson），幼年生活窮困，有一天在泥濘的路旁看見某個大老闆駕馬車經過，他夢想將來也要能擁有自己的馬車和馬。而在當時，推銷是致富之道，為了實現夢想，他去當推銷員，而且矢志要成為一流的推銷員。由於表現優異，他的第一任老闆立刻借給他一輛馬車。

後來他當收銀機的推銷員，到一位律師的豪華宅邸作客，他又夢想自己將來能擁有一棟豪華住宅。他的夢想愈變愈大，也激勵他愈來愈努力工作，最後終於成為ＩＢＭ公司的總裁，遠遠超乎他原先的夢想。

世界上只有兩種人：一種人是樂於提起自己有什麼夢想，然後如何讓美夢成真。一種人則說自己沒有什麼夢想，說他們並不渴望成功，也從未曾想過要出類拔萃，他們寧可做個平凡的人。但這多半是自欺欺人，因為他們一事無成，羞於提起自己曾經有過的夢想，最後只好忘懷或否定它們。

你必須有夢想，而且必須相信自己的夢想。就像威爾遜所說：「有些人坐讓夢想悄然絕滅，有些人則細心培育、維護，直到它安然度過困境，帶來陽光和光明；而陽光和光明總是降臨在那些真誠相信夢想一定會成真的人身上。」

Ｗ上

地集——登舟望春月

生命的意義在哪裡？

M：

「昨夜西風凋碧樹，獨上高樓，望盡天涯路。」這是民國初年的國學大師王國維所說人生必經的第一個境界。

像一個準備踏上人生征途的旅人，你登高遠眺，心中充滿了憧憬，覺得路是無限的寬廣、非常的多樣，生命似乎有著無盡的許諾。但你也有幾許徬徨，因為你不知道哪一條路最能彰顯你生命的意義。

自我的追尋含有許多層面，包括精神的、物質的、超越的、世俗的諸層面。你說你最在意的是生命意義的追尋，你想先確立你生命的意義。

意義，是靈魂的目標，就像法國哲人蒙田（Michel de Montaigne）所說：「靈魂若沒有目標，它就會喪失自己。」沒有意義的人生，就像沒有羅盤的航行，將失去它的意義。

當你以意義來衡量攤在你眼前的道路時，你感到迷惘，因為不管是做個開藥動刀的醫師、鋪橋造路的工程師、申訴辯護的律師、賣電腦的商人或爬格子的文人，似乎都沒有什麼高妙精奧的意義。

「生命的意義」是個惱人的問題。自古以來，就不斷有人問：「人活著到底是為了什麼呢？」、「生命的終極意義在哪裡呢？」而最喜歡發問和提出解答的是哲學家，因為意義一向被認為是哲學的範疇。

黑格爾（Georg Wilhelm Friedrich Hegel）是個偉大的哲學家。他在四十一歲時，高興地寫信給他的友人說：「我終於達成了我在這個塵世的目的。因為人活在世上，只要有了職業和妻子，就萬事皆足了。這兩件事是我們做人應有的主要目標，其餘不過是枝節罷了。」

他在寫這封信前不久，剛和一位議員的女兒結婚，而且擔任一所高等學校的校長。長期為寂寞與孤獨所苦的黑格爾，突然覺得生命變得非常有意義，而在私人信函裡透露了他的肺腑之言。

一再沉思「生命的意義」，就好像過去學禪的人一再請教得道高僧「祖師西來意」（達摩祖師從印度到中國傳播佛法的用意）般，好像必須先弄懂了這個最根本的問題，才能綱舉而目張，才願意踏出下一步。

有人問知名的禪師趙州和尚：「什麼是祖師西來意？」趙州回答說：「庭前柏樹子。」

對方覺得很失望，因為如此深奧的問題，怎麼會是如此簡單而荒謬的答案呢？趙州是因為剛好看到眼前的一棵柏樹，所以就順口答說：「庭前柏樹子。」如果他聽到一隻小狗在叫，他可能會改口說：「小狗在叫。」

「生命的意義」就像「祖師西來意」，沒有明確的答案，你無法靠沉思去「發明」你的生命意義，你只能從眼前當下的對象、世俗的工作和人際關係中去「發現」它。

「多麼奇妙，我們在這世界竟占有一席之地。我不知道我們為何要到這個塵世做短暫的過客，但有時感覺到它彷彿有個目的。」愛因斯坦如是透露，但他接著又說：「我總覺得，一個人若是一味在思索窮究人生的一般意義或自身存在的理由，實在是莫大的愚蠢。」

暫時擱置你的哲學思索，到世俗的工作和人際關係中去「發現」你的生命意義吧。就像王國維所說或黑格爾所體驗的，有一天，你會發現：

「眾裡尋他千百度，驀然回首，那人卻在燈火闌珊處。」

W上

一個旅行者的諍言

M：

你說你想去旅行，想到遙遠的地方整理一下自己，思考未來的方向，再決定自己該走什麼路。

有些事的確該好好思考，而人生方向的選擇更不能草率。但要說選擇，它其實是一種弔詭。

很多人與其說他們不知道自己想「要」什麼，不如說是不知道自己該「放棄」什麼。因為「選擇」不只意味著「自由」，同時也意味著「限制」。當你「選擇」某種東西時，它意味著你勢將「放棄」其他所有的東西，它「限制」了你的無限可能性。

有的人覺得世界所有的門都為他開放，他不想太早關閉它們，不想太早做決定，結果就一再逃避或延擱他的選擇。而旅行，就是逃避和延擱選擇的一種浪漫儀式。

法國小說家紀德（André Gide），他不只喜歡旅行，而且熱烈鼓吹年輕人擺脫一切束縛，追求自由，嘗試各種生活和愛，曾被譽為「法國青年的導師」。一九二五年，紀德到法屬赤道非洲去旅行，回來後寫了有名的《剛果紀行》（*Travels in the Congo*）。

赤道非洲的一切，對他來說都是新奇的，任何事他都想去觀察、去了解。起先，他顯得匆忙而興奮，不想放棄任何事物。但後來，在布拉薩城，一個遙遠的異鄉，他看到了白蟻和牠們的巢穴，他說，如果能再世為人，那麼為了他的幸福，他願意「選擇」終生心無旁騖地研究白蟻，將心血交付給這種可愛的小動物，成為一個「白蟻專家」，而不要去做什麼「法國青年的導師」。

他說：「身為一個旅行者，想一切都去關心，那他的時間是不夠的。他觀察不出什麼，因為他不可能一切都去觀察。社會學家是快樂的，他只關心民俗；畫家是快樂的，他只準備看看地方風景；博物學家是快樂的，他除了昆蟲花草之外，什麼都不管。專家是快樂的，他的一切時間都是為了他那狹隘的領域。」

也許你覺得做個白蟻專家是志小而氣短，但紀德並不是勸我們做個眼光狹隘的人，而是他注意到，如果我們什麼都捨不得放棄，那眼光就會變得「空泛而不定」，看什麼東西都只有浮光掠影的印象，難以深刻；同樣的，如果我們什麼事都想做，什麼事都捨不得放棄，那就會變成「樣樣通卻樣樣鬆」，最後可能一事無成。

人生看似有無限可能。但我們唯有在無限可能中選擇自己的有限性，在一塊狹小的土地上心無旁騖地耕耘，才能有所成果。這也是紀德浪蕩了大半輩子後，所理解的人生和幸福。

也許你有很多雄心壯志，各種不同的夢想，但你不可能同時實現它們，即使你去旅行，歸來之後，你也只能選擇其一。

就像隨風飄蕩的蒲公英種子，看似在這裡也可以棲息，在那裡也可以生根，但它終究還是要飄落在一塊狹小而固定的土地上，才能生根、開花、結果。

W上

何來錯誤的第一步？

M：

你說你不是在逃避選擇，而是怕走錯路，怕踏出錯誤的第一步；怕一著錯，就全盤皆輸。

的確，人生南北多歧路，我們很可能會走錯路，而必須慎乎始。

但所謂「選錯科系進錯行」或「走錯路」，往往是你走到路的終點時，發現自己一事無成，才懊悔自己當初「走錯」了。事實上，條條大路通羅馬，每一條路都有人走得非常成功；路本身沒有「錯」，問題端視你怎麼個走法。

李遠哲當初要上大學時，放棄了多少人夢寐以求的「保送台大醫科」這條黃金大道，而選擇台大化工系；大一時，又因看到化學館在晚上仍燈火通明，覺得化學系有濃厚的研究風氣，又毅然轉到化學系。這樣的選擇，跟多數人背道而馳，也讓他父親捏一把冷汗。

但今天，大家都說李遠哲走「對」了路。因為他以其傑出的成就向世人證明，一條原本被視為「不智」或「錯誤」的路，也可以變成「非常明智」、「非常正確」。

二十世紀的哲學大師維根斯坦（Ludwig Wittgenstein），也不是一開始就選擇哲學這條路。他在德國讀的是機械工程，十九歲到英國專攻航空學，熱衷於飛機噴射反應推進器的設計。因為此項工作涉及純數學的問題，而使他對數學的哲學發生興趣，竟至於放棄航空工程，選擇到劍橋大學改讀哲學。

但在研究哲學兩年後，他忽然跑到挪威，自己在鄉間蓋了一間茅屋，成為隱士。第一次世界大戰爆發，隱士變成了戰士，他自告奮勇地回到奧地利，加入陸軍當志願兵，轉戰各地四年，最後被敵軍俘虜，成為囚犯。

戰後，他又嚮往當個小學教師，而選擇進入師範學院就讀，然後在鄉下教了好幾年書，直到四十歲，才又回到劍橋大學，繼續他未完成的哲學「學業」。

今天，也沒有人敢說維根斯坦如此迂迴的人生抉擇是「危險」的，是在「蹉跎時光」，因為沒有幾個哲學家能有像他那樣輝煌的哲學成就。

這不只是「成敗論英雄」，而且是「成敗論對錯」——除了作奸犯科外，沒有一條路在起點處就標明著「對」或「錯」，它是你這個「行人」和其他「路人」在後來才標上的。

當然，在為自己的人生做選擇時，我們應仔細考量各種因素，但你不必為是否踏出錯誤的第一步而擔心，而躊躇不前。因為第一步以後還有第二步、第三步……。每一次的選擇雖然都是唯一的，但你不是一生只能做一次選擇。

在人生的旅途上，我們因「系列性的選擇」而產生「系列性的自我」。重要的不是你今天做了什麼選擇，而是你今後為你的選擇做了什麼。

W上

船長與戰士

M：

哲學家齊克果（Søren Kierkegaard）說：「一個船長在出海之前，就已了解他的整個航程；但一個戰士只有到了遠方海上，才能獲得命令。」

「船長」與「戰士」，是人生航程中兩種不同的角色。

有的人像「船長」，他們在生命揚帆出航時，就已經有了一個明確的目的地，一張清楚的生命航圖，知道自己將駛往何方。只要他按圖索驥，通常就能抵達那許諾之地。

巴哈就是這樣的一名「船長」。為了慎重，我們最好說出他的全名——約翰·塞巴斯提安·巴哈（Johann Sebastian Bach）。因為從他的曾曾祖父懷特·巴哈到他這一代，在巴哈家族的三十三個成員中，有二十七個都是音樂家。

巴哈的父親是巴洛克音樂的集大成者，伯父和大哥也都是教堂的風琴師。巴哈似乎天生就注定要當一個音樂家，他一出生，一張明確的「生命航圖」就在那裡等著他。

由於家學淵源，耳濡目染，音樂很自然地成為他的選擇，個人的天分再加上後天的努力，他終於成為西方音樂史上最偉大的作曲家之一。

但有些人卻像「戰士」，他雖然搭船出海，卻四處漂泊，直到有一天，在遙遠的地方，看到一個景色宜人的港口，才知道上帝原來要他在那裡落腳。

當今的武俠小說泰斗金庸，雖然在八、九歲時，就因閱讀《荒江女俠》等書而成為武俠小說迷，但在三十歲以前，他想都沒有想過要寫什麼武俠小說，他年輕時代的夢想是要當外交官。

為了實現夢想，在抗戰後期，他如願考上中央政治學校（現在國立政治大學前身）的外交系，但因在校打抱不平，而被勒令退學。抗戰勝利後，他再進入東吳法學院修國際法，還是想走外交的路。

後來因時局混亂，他才進入報社，由《東南日報》到《大公報》，由上海到香港。直到他三十一歲時，因為香港人興起一股武俠熱，他在報刊總編輯的勸誘下，才動筆寫《書劍恩仇錄》。在此之前，他雖寫過一些國際評論、隨筆、電影劇本等，但卻從未寫過小說。

想不到《書劍恩仇錄》一炮而紅，他欲罷不能，一寫再寫，「人在江湖，身不由己」，竟至成為出乎他預料之外的武俠小說泰斗。

多數人也許喜歡當「船長」，因為那表示他的人生是可以預期的、安穩的。重要的是在出航之前，他如何選擇一張正確的航行圖。但事實上，很少人能做個「完全船長」，不必對他手上的航行圖做任何修正。

「戰士」的人生則是不可逆料的、漂泊的。但也正因為這種不可逆料性，而使生命充滿「山窮水盡疑無路，柳暗花明又一村」的驚喜。

如果一切都已在預料之中，那人生還有什麼樂趣呢？

W上

傾聽自己生命的鼓聲

M：

雖然我在前幾封信裡說，我們應該敢於夢想，掙脫不必要的束縛，勇於開拓自己的人生。但這只是生命的部分故事。

所謂「夢想」並不是你想成為什麼，就能成為什麼；而所謂「選擇」，也不是在真空管裡做選擇。生命的可能性並非無限的，如果李遠哲夢想成為一個音樂家，而巴哈夢想成為一個科學家，那麼李遠哲是否能成為「另一個巴哈」，巴哈是否能成為「另一個李遠哲」，是有相當疑問的。

希臘先哲蘇格拉底（Socrates）說：「認識你自己。」在「成為你自己」之前，應該先「認識你自己」，認識自己的根性或材質，稟賦或興趣。

一個人的生涯抉擇如果能符合自己的稟賦和興趣，那他幾乎已擁有人生一半的幸福。因為稟賦，使他在那個領域裡比別人有更敏銳的吸收和學習力；而興趣，使他比別人願意花更多的時間在那件工作上；這樣很可能就會比別人有更傑出的表現。即使將來不是很出色，工作本身也是一種取悅自我的娛樂。

像巴哈，也許很容易從他的家族史知道他天生具有音樂細胞，但更多的人卻難以窺知自己的細胞裡含有什麼稟賦，因為稟賦只是一種有待開發的潛能，而一個家族可能好幾代都未曾開發過這種潛能。

也許你不知道自己有什麼稟賦，但你總該知道自己對什麼有興趣。稟賦和興趣經常互為表裡。一個人如果對某種東西有特別的興趣，那表示他對它有特別的感受力或理解力，而這可能就是一種稟賦。

生產汽、機車的「本田技研工業株式會社」創始人本田宗一郎，在小學三年級時，第一次看到轎車出現在他所住的鄉間，聽到那砰砰作響的引擎聲，即深受「感動」，而汽車排放出來的汽油味，更令他「陶醉」。他說他當時就發現了他終生最大的興趣——汽車，並決定將來要做跟汽車有關的工作。一個人能對引擎聲「感動」、對汽油味「陶醉」，應該就是一種稟賦。

因為這樣的興趣，使他在汽車修理廠當學徒時，津津有味地讀遍廠裡所有有關汽車的書刊，成天沾滿油汙地辛勤學習、工作，但卻一點也不覺得累、不覺得苦，反而甘之如飴。

而對汽車有特別感受力和理解力的他，後來更從修理汽車、製造汽車零件、製造整部汽車到把汽車賣到全世界。汽車是他的最愛，他希望生產讓自己滿意的車子，也希望大家能愛用這種車子。

不管你將來選擇修理汽車、製造汽車、駕駛汽車或者賣汽車，你都必須先對汽車有興趣。

就像人不能「發明」生命意義，而只能「發現」生命意義般，我們不能躲在家裡，靠思想「發明」興趣，而必須從各種實際的接觸中去「發現」它。當你發現它時，就像本田宗一郎發現汽車，你的內心深處就會響起一陣「鼓聲」，召喚你、催促你前進。

W上

駱駝與獅子

M：

在自我追尋的過程中，我們常需經歷哲學家尼采（Friedrich Nietzsche）所說「精神三變」中的駱駝與獅子這兩種角色。

開始時，我們像一隻溫馴的駱駝，在權威人士「你應如何如何」的訓誡下，深自謙抑地跪下來，背負重擔，準備橫越無垠的沙漠。但在途中，有些人從溫馴的駱駝蛻變成勇猛的獅子，他要做自己的主人，而向權威人士說「不」；他要為自己創造自由，只聽從自己內在的聲音：「我要如何如何。」

在一九九一年波斯灣戰爭中揚名立萬的鮑威爾將軍（Colin Powell），當時任美國國防部三軍參謀首長聯席會議主席，是美國官階最高的偉大「戰士」，更是尼采所說由駱駝蛻變成獅子的典範。

鮑威爾並非西點或維琴尼亞軍校科班出身，而且還是個黑人，可以說是美國軍界的一個異數。他的自我追尋歷程，也是相當曲折的：

鮑威爾出生於紐約哈林區，父母是來自牙買加的移民。雖然他在讀中小學時，成績就老是墊底，但父母卻說：「你應好好讀書。」因為他們認為讀書是出人頭地的唯一途徑。

高中畢業後，母親對他說：「你應該念機械系。」因為他母親認為機械系是會賺錢的科系，他以母親的志願為志願，進入紐約市立學院機械系就讀。

但對數學和自然科學一向非常頭大的他，念了一學期，就如坐針氈，只好轉到地質系（因為他的地理成績不錯）。這個舉動當然令父母非常失望，因為他們不知道地質系「將來能做什麼？」但事到如今，也沒有辦法。

大二時，他選了預備軍官訓練班的課程。參加步槍儀隊，在這個講求紀律的社團裡，他如魚得水，生平第一次感受到兄弟的情誼，而且很快就成為領袖人物。大學畢業後，鮑威爾到陸軍服兵役。服役期間，他表現傑出，從傘兵游擊隊隊員做到美國駐西德第三裝甲師的連指揮官。

三年役期結束，他面臨了重大抉擇：是要「繼續當兵」還是像其他地質系畢業生「到奧克拉荷馬州探鑽石油」？父母的意思是「你應去探鑽石油」，但這次鮑威爾卻說：「我要繼續當兵！」因為他發現做個軍人實在是他的志趣所在，也是他的專長。

這個決定當然令他父母大吃一驚，也大感失望。但事後證明，投身軍旅的鮑威爾終於光宗耀祖，獲得了遠遠超乎父母期望的成就。

鮑威爾的生涯追尋，相信很多台灣的年輕人也都能感同身受。望子成龍的父母一再告誡「你應如何如何」，結果使很多人糊里糊塗地被推往一條自己不太喜歡、也不太擅長，甚至痛苦的路上去。

不過鮑威爾最後聽從了自己「生命的鼓聲」，走自己要走的路，這個決定改變了他的一生。也許你現在只是一隻溫馴的駱駝，但遲早你必須從溫馴的駱駝蛻變成勇猛的獅子，像鮑威爾，聽從自己生命的鼓聲，成為你自己。

W上

勇於向未知挑戰

M：

如果你期待你的生命是一個有待開拓的未知領域，那麼你就需要先具備冒險的精神。多數人都寧可在已知的領域裡，用已知的方式過已知的生活，而不喜歡未知、不喜歡冒險，因為「未知」代表了「不測」。但如果不是有無畏的冒險家，人類即使發現了火，也不敢使用；建造了帆船，也不敢出海；做了飛機，也不敢試飛。缺乏冒險精神，人類可能還躲在山洞裡茹毛飲血。

冒險，並不單指去試飛飛機或攀登聖母峰這種具有生命危險的活動。在人生旅程、生涯追尋及學術研究方面，只要你走的是跟多數人不一樣、具有開創性的路，踏進的是未知的領域，也都是一種冒險，需要冒險精神。

發現新大陸的哥倫布（Christopher Columbus）是冒險家，發現天體運動定律的牛頓（Isaac Newton）也是冒險家，就像渥茲華斯（William Wordsworth）所說，牛頓是「物理學界的哥倫布，孤獨地航行在陌生的海洋中」。古今中外的大有為者都是冒險家，他們不是冒身家性命的險、冒前功盡棄的險，就是冒被人訕笑的險、冒受人排擠的險。

瑪格麗特．米德（Margaret Mead）就是一個具有冒險精神的人類學家。當她就讀於哥倫比亞大學研究所時，當時美國的人類學家，絕大多數都選擇美國本土的印地安人做為田野調查的對象，因為這是既安全又方便的途徑。但米德卻想去研究南太平洋的波里尼西亞人。因為她認為印第安人多少已受到白人文化的薰染，她要到遠方研究「更原始」的民族。

冒險的行動總是會遭人勸阻。米德的指導教授鮑亞士（Franz Boas）就非常反對，他認為一個女孩子隻身前往萬里之外的蠻荒之地太危險了，他唸了一段〈獻給在海外工作而死的年輕人〉的祈禱文給米德聽，希望她打消念頭。她的另一位老師夏比爾（Edward Sapir）更主張系裡無論如何都要強迫米德放棄她那不切實際的夢想，因為他認為米德會「不能適應，無法活著回來」。

但一個具有冒險精神的人也總是義無反顧。米德展露她無畏的、旺盛的企圖心，堅持不退讓。一九二五年夏天，二十三歲的米德獨自坐船前往薩摩亞。結果，這次充滿開拓性的異文化之旅，不僅豐富了米德個人的生活，而且以《薩摩亞的新紀元》（*Coming of Age in Samoa*）一書提早奠定了她在人類學界的地位。

冒險，不是投機取巧，更不是暴虎馮河。米德在前往薩摩亞之前，早已蒐集、研讀了大量有關波里尼西亞人的文獻。而像萊特兄弟（Wright brothers），在一九〇三年試飛他們自製的「貓頭鷹號」動力飛機前，也已分析了過去所有飛行冒險家的缺失，並對動力飛機做了無數的改良，才能從險中求勝。

但不管你準備多周全，你都必須真的將它付諸行動。冒險精神，其實是一種勇於向未知挑戰的行動能力，只有行動，你未來的人生才是真正的「未知」。

W上

人生因浪漫而傳奇

M：

你想過一種具有傳奇色彩的生活嗎？

生命要成為一則傳奇，除了要具備冒險的精神外，還需要有浪漫的情懷——對神祕的渴望、對平庸的反抗、感情的恣縱、帶點傻勁的理想主義，以及一點點的非理性。

浪漫，並非都是詩情畫意的。前俄羅斯總統葉爾辛（Boris Yeltsin）讀大學時，在大一的暑假決定做一次周遊俄羅斯的旅行。但他身上連一個盧布也沒有，只帶著幾件衣服、一頂草帽和一顆熾熱的心就愉快地出發。

沒錢坐車，他就跟很多遇到大赦而返家的囚犯，坐在火車車廂的車頂或卡車的頂棚上。沒錢住旅館，他就躺在火車站或公園的椅子上過夜。每到一個大城市，他總是先遊覽個一兩天，然後打打雜工，甚至當家教，賺一些盤纏。在如此這般旅行兩個月回來後，他一身襤褸，運動鞋鞋底磨穿了，草帽稀爛了，運動褲薄得都快透明了。

旅行的品質並不浪漫，浪漫的是他的心情。在旅行途中和歸來後，葉爾辛的心中感到無比的充實和愉悅，因為他不僅進入他嚮往已久的莫斯科、聖彼得堡、基輔、明斯克等大城市，也生平第一次看到大海，飽覽了壯麗的山河，而且見識了各式各樣的人和事，讓他眼界大開。

二十世紀最炙手可熱的「未來學家」托佛勒（Alvin Toffler），他所著的《未來的衝擊》（*Future Shock*）、《第三波》（*The Third Wave*）和《大未來》（*Power Shift*）三本書，根據一大堆的事實和數據來推測人類社會的未來，行文之間流露出濃厚的理性主義色彩。但就身為一個人而言，他卻是一個如假包換的浪漫主義者和傳奇性人物。

他生平所做最「傳奇」也最「浪漫」的一件事是在讀大學時，竟然輟學到工廠裡當工人，而且一做就是五年，從事過各種工作，包括鋼鐵鑄造廠技工、汽車裝配廠金屬銲工、腳踏車廠漆工，操作過擠壓機、駕駛過堆高機、修理過貨車、輸送帶等等，這些都是躲在冷氣房裡上課的大學生難以想像的。

托佛勒後來說，他會這樣做，主要來自下面幾個動機：一是他的女朋友在工廠工作，他想跟她有同樣的經驗；一是他想離開家庭，自立更生；一是他想先去見見世面；一是他當時熱衷於馬克斯主義，希望進入工廠協助工人組織起來；一是他想寫一本描述勞動階級生活的偉大小說，他所欽佩的小說家史坦貝克（John Steinbeck）曾當過採葡萄工人，傑克倫敦（Jack London）曾當過船員。

工作本身並不浪漫，浪漫的是他的動機。一個人為了獲得文學獎而寫出謳歌愛情的詩篇，這是精明，不是浪漫；但一個人為了愛情與理想而走進工廠，這是浪漫，不是愚蠢。

W上

生命因付出而充實

M：

我們是因為生活空虛才覺得生命沒有意義，還是因為生命沒有意義才感到生活空虛？這要看你如何定義「空虛」和「意義」。

「空虛」有兩種：一是物理上的空虛，譬如物質生活的匱乏、沒有人作伴等等；一是心理上的空虛，譬如心裡覺得無聊、單調、苦悶等等。

「意義」也有兩種：一是在工作或人際關係中，我們因獲得所產生的意義；一是在工作或人際關係中，我們因付出所產生的意義。

南丁格爾（Florence Nightingale）生來就是英國富家的千金小姐，住的是豪門巨宅、穿的是錦衣、吃的是玉食。從少女時代開始，就在倫敦的社交圈嶄露頭角，周旋於王公貴婦、才子佳人之間；興致來了，還會駕著六頭馬車周遊歐洲。不只在英國，連在法國和義大利，她都是一個受人歡迎與注目的社交界紅人。

在物質方面，她相當富足，但在日記裡，她卻一再感嘆：「唉，多麼厭煩無聊的日子！」而有著嚴重的心靈空虛。她感到空虛，因為她看不到這樣的生活有什麼意義。而生命沒有意義則是因為她只有獲得，卻從未付出，她連一件工作都沒有，不必為社會、為任何人做任何事。

在十七歲時，她說她聽到「上帝的召喚」，上帝要她當「祂的使者」。但直到二十四歲，她才領悟上帝要她「付出」，去服務病人。當她決定要去當一名照顧病人的護士時，父母強烈反對，禁止她提起「護士這個可恥的字眼」，但南丁格爾心意已決，她到歐洲各地調查醫院的實情，了解病人的需要，接受護士的訓練，洗盡鉛華，在三十三歲時，成為倫敦一家醫院的護士長。

翌年，爆發克里米亞戰爭，南丁格爾帶著三十八名護士遠渡重洋，到戰地醫院去照顧傷患，不眠不休地付出她的關懷和愛心，而贏得了「提燈女郎」與「克里米亞天使」的美譽。

對某些人來說，南丁格爾的青春是相當絢爛的。但在成為一名辛勞工作的護士後，她在給父親的信裡說：「我的青春，那個充滿失望、不成熟的青春，終於結束了。我為它的不再復返，感到喜悅。」因為她的付出，使她找到了她的生命意義，她付出的愈多，生活就愈充實。

耶穌（Jesus）說：「凡去尋找自己生命的人必將失去它。」這是生命中的一個弔詭。一個人若太專注於自我，只想獲得而不想付出，那他就會失去自我；一個出發去追尋自我的人，往往也是開始失落自我的人。唯有忘掉自我，以「全部的我」去對「外在於我」的人或事做反應，我們才能擁有一個「自我」，而我們真正的唯一性及生命的意義也才能浮現。

祝福你能找到你的「自我」和「生命意義」。

W上

雷集——

吳鈎霜雪明

登大山需要嚮導

M：

人生好比爬山。只是有的人爬小山，有的人爬大山。

如果你選擇爬小山，那可能不需什麼準備，只要一雙舒適的鞋子、一罐清涼的開水，就可以隨興之所至地上路。但如果你選擇爬大山，甚至想去征服顛峰，那除了需要有相當的體力和耐力，充分的行前準備外，可能還需要一兩名嚮導。

嚮導，是個老手，他為你指出或描述高山上各種瑰麗奇景，讓你對登上顛峰產生憧憬；他傳授你登山的各種技巧和訣竅；他熟知你想爬大山的地形和天候變化、沿途出沒的野獸，告訴你如何趨吉避凶、順利攻堅等等。

大多數爬上「人生大山」的人，在年輕時代都有這樣的登山嚮導。

有的人是從周遭環境中找到他的嚮導。

知名的日本導演黑澤明在年輕時代，考進ＰＣＬ製片場，當助理導演時，在資深導演山本嘉次郎手下學習。山本不只是他的恩師，更是讓他由一個懵懂青年蛻變成世界級導演過程中的登山嚮導。黑澤明說，山本讓他看到了「一座大山」，「開始受到山顛上微風的吹拂」。他從山本處學到的「比一座山還多」，不只導演的實務，還包括劇本寫作、剪接、配音等等。在山本手下四年的學習，「我有一種要一口氣爬上極陡的爬坡路的感覺。」

有的人則從書本上發現他的人生嚮導。引導李遠哲去攀爬科學大山的是居禮夫人（Madame Curie），而其因緣則是受到《居禮夫人傳》這本書的啟迪。李遠哲說，他在高中時代讀了這本書後，「居禮夫人勤勞不懈、熱愛生命的高貴情操和理想主義，都深深地感動了我，也為我的生命旅程照亮了一條光明大道，我迷惑、徬徨的心靈也因此獲得解答。她美麗的、充滿理想與熱愛人類的科學生涯，是我一生中最大的啟示與追求的目標。」

雖然李遠哲沒有親身接受居禮夫人的指導，但我們從李遠哲日後的表現不難看出，居禮夫人確實是他一生中最大的啟示與引導者。

人生需要嚮導。而一個理想的嚮導是要讓我們對攀登大山產生憧憬，激發我們「有為者亦若是」的雄心，能引導我們但又不是要我們只做他「影子」的人。

黑澤明曾特別提起，山本並不會將其個人的偏好強加在他身上。譬如有一次，山本要他為《藤十郎之戀》（藤十郎の恋）配音，看完試映後，山本要他「重來」，但卻不說缺點在哪裡。他只好通宵熬夜，憑著自己的感覺一遍又一遍地去改正。第二天重新試片，山本只輕描淡寫地說聲：「可以了。」原本覺得受到冷漠待遇的黑澤明，事後則對山本充滿了感激，因為山本並不想讓黑澤明做「他的影子」，而是要引導他成為「真正的黑澤明」。

在年輕時候如果能有一兩個這樣的嚮導，將可減少我們的迷惑和徬徨，而且省去很多冤枉路。如果你還在迷惑、徬徨，還在山腳下徘徊，那可能是你還沒有找到一個理想的嚮導。年紀、知識、閱歷比你高的人，特別是你的老師、同行先輩等，都可能是你潛在的嚮導；即使你覺得周遭缺乏理想的嚮導，那不妨多讀些傳記，到古今中外的人傑中去找尋。

W上

主動出擊的精神

M：

即使你有幸遇到好嚮導或好老師，但他們也只能從旁引導你，而無法替你實現夢想。要實現夢想，仍有賴自己主動的摸索與學習。

王永慶是台灣最傑出的企業家之一，但他的傑出並非有什麼「好嚮導」或「好老師」教他如何做生意，他的成功主要是來自他自己主動的摸索和學習。

他小學畢業後，即到米店當小工，十六歲時，靠父親四處張羅借來的一點錢，在嘉義開一家米店。剛開張時，生意非常難做，因為多數家庭都有他們固定光顧的老米店，新米店很難找到新客戶。為了克服困境，王永慶除了提升自己販賣米的品質、延長營業時間外，還對顧客提供主動的服務。

當時的家庭都是在米缸沒米了才到米店買米，而米店老闆通常是安坐家中，等著顧客上門。但王永慶卻化被動為主動，當顧客上門時，他就主動說他要將米送到顧客家中。在將米送到顧客家中，倒進米缸後，他就拿出記事簿，記下這戶人家米缸的大小，並詢問顧客一家有幾口、每個人每餐吃幾碗飯、一天的用米量大概是多少等問題。然後再對顧客說：「下次不必勞煩您到我店裡買米了，我會主動送過來。」

在有了這些資料後，王永慶即估算出這次所送米量大概多久會用完。而在顧客米缸裡的米快用完前兩三天，他就真的主動把米送到顧客家中。這種主動服務的方式，很受顧客歡迎，在一傳十、十傳百後，顧客愈來愈多，不到一兩年，米店的營業額就增長了十幾倍，並擴大而設置了碾米廠。

後來他雖改行做其他生意，而且愈做愈大，但萬變不離其宗，這種主動出擊、主動服務的精神，可以說是他事業成功最重要的關鍵。

愛迪生這位發明大王，在上了三個月的學後，就因被老師認為「頭腦痴呆到了極點」而退學，除了母親短期的教導外，他完全靠自己主動自修苦學。十六歲時，憑著自學得來的電報技術，像滾動的石頭，在大城小鎮簡陋的電信間或鐵路車站做個「流浪電報師」。

二十歲時，他無意中在舊書攤發現法拉第（Michael Faraday）所著電氣工學實驗研究的兩本舊書，他如獲至寶。法拉第幾乎沒有受過學校教育，完全是獨立自修苦學，而在電學方面帶來很多驚人的發現。愛迪生將法拉第視為他的人生嚮導，不僅廢寢忘食地自修苦讀，而且以僅有的錢去購買舊器材，親手去試驗法拉第書上所提到的每一個實驗。

愛迪生日後大部分的發明，也都是來自這種主動的摸索、學習和實驗。我們說「要相信夢想一定會成真」、「命運就掌握在自己手中」，這不只是口號或信念而已，不是站在那裡張開雙手，像守株待兔的農夫等待兔子上門，而是要將之化為積極的行動，自己主動去尋找兔子，這樣才能抓到更多的兔子，而且抓到的兔子看起來也會比較大、比較可愛。

W上

蘋果的滋味

M：

有人說，你只要咬一口，就知道一顆蘋果是好蘋果還是爛蘋果。但如果蘋果是你夢寐以求的水果，那可能需要多咬幾口，再決定是否放棄。

對於生涯的追尋，我們需要的正是這種態度。

台中東海大學的路思義教堂、香港的中國銀行大廈、巴黎的羅浮宮拿破崙廣場和黎榭里殿等建築傑作，都出自知名的華裔建築師貝聿銘之手。建築，是貝聿銘的稟賦和興趣所在，也是他的夢想。

貝聿銘在就讀上海青年會中學時，即迷上當時正在興建的二十六層的國際飯店，還畫了一張令他叔叔佩服與驚訝的輪廓圖。貝聿銘後來回憶說：「（當時）我對高層建築物的概念著了迷，它帶給我的興奮如同今日年輕人的看待登陸月球般，我決定這就是我所要做的。」而在十七歲時，就遠渡重洋，到心嚮往之的美國賓州大學建築系就讀，開始追尋他的建築之夢。

但他咬到的卻是「一口爛滋味」的蘋果。不只是賓大建築系本身的建築古老陰暗、授課的教授刻板迂腐，課程更令貝聿銘大失所望，課堂上教的全是古典而過時的巴黎藝術學院派理論，學生必須以炭筆或墨辛苦描繪出精緻的透視圖，簡直是在上美術課。

沒多久，他就轉學到麻省理工學院，改讀工程。

當時麻省理工學院的院長愛默生，很關心來自中國的貝聿銘，他注意到貝聿銘在繪製設計圖及建築方面的天分，苦口婆心地勸他回頭再學建築。在盛情難卻之下，貝聿銘才接受他的建議，又轉到建築系。

如果不是院長的慧眼和苦口婆心，當今世上可能會失去一位偉大的建築師。

喜劇泰斗卓別林（Charles Chaplin）是一個天生的演員，五歲時，就因代替母親登台演出，在觀眾的熱烈掌聲中，興奮、感動得不想下台。舞台表演是他「夢想中的蘋果」，而他最先嘗到的滋味是甜美的。

但在甜美中卻也不時出現令他難受的酸澀，因為並非每次的演出都能獲得觀眾的肯定和掌聲，有時甚至還會受到羞辱。在他二十二歲，第一次隨劇團到美國演出時，時冷時熱、難以捉摸的觀眾反應令他興起了「離開演藝圈」的念頭。

他計畫和劇團裡一位來自德州的盪鞦韆演員，合夥到阿肯色州買地養豬。他還特別去買了一本介紹「科學養豬法」的書來仔細研讀，連作夢都夢到豬群。但在讀到養豬戶要如何為公豬閹割時，那生動的描述令卓別林感到手軟，也冷卻了他的熱情，只好又繼續他的演藝生涯。

如果不是那本「科學養豬法」過分科學的描述，那這個世界可能少了一個不世出的喜劇泰斗，而多了一個尋常的養豬戶。

事實上，任何行業都是「苦樂參半」的；而在抵達目的地前，更需要經過層層考驗。即使你的夢想完全符合自己的秉賦和興趣，但在將它付諸實現的過程中，卻也不盡然都是甜美的，因此，千萬不可淺嘗即止，在遇到酸澀時，最好能耐心地再多咬幾口，說不定就能澀盡甘來。

W上

階段性任務

M：

人有「系列性的自我」，也有「階段性的任務」。

日本的醫師作家日野原重明，著有《人生四季之美》（人生の四季に生きる）一書，他以自然界的四季來比喻人生的四個不同階段，每個階段各有它不同的色彩、任務和美麗。精神分析學家艾力克森（Eric Erikson）則將人生分成八個階段，每個階段都讓人面對一種新的情境，產生新的問題，須做出不同的抉擇。

其實，「四」或「八」都只是一種粗略的分法。人生，原本就含有好幾個階段，雖然多寡和長短因人而異，但每個階段都是無由規避的，一個真正想實現自己夢想的人，絕不會躁進，相反的，他們會耐心等候，樂於接受每個階段對其生命的洗禮。

譬如張愛玲，這位即使不是最好，也是相當傑出的中國現代小說家，很早就表現出她對寫作的興趣和才華。她在一篇徵文〈我的天才夢〉裡說，她七歲時就寫了一部刻畫家庭悲劇的小說，八歲時寫了一篇類似烏托邦的小說〈快樂村〉。十四歲時，更寫了一部令父親喜出望外、成名作家都要自歎弗如的章回長篇小說《摩登紅樓夢》。

從事小說創作是張愛玲的「天才夢」。但張愛玲在就讀香港大學時（她原本考上倫敦大學，但因戰爭爆發，去不成英國，改到香港大學就讀），為了學好英文，她毅然割捨了對寫作的愛好，在香港大學三年，不僅沒寫小說，甚至沒用中文寫過任何東西，連給母親和姑媽的家書，都用英文寫。

為什麼如此決然？因為她認為在這個階段，學好英文是她最重要而且唯一的工作。三年的磨鍊，使她的英文一日千里，學業成績也名列前茅。

也正因為這樣，使張愛玲日後能直接用英文寫《秧歌》這部小說，讓英美人士讚歎，也讓其他中國現代小說作家瞠乎其後。

在香港大學三年，雖然暫停寫作，但張愛玲對這個殖民地城市，特別是淪陷前後的人間百態，依然了然於心，只是她不急於傾吐。在經過一段時間的醞釀和反芻後，它們都成為她「下一個階段」精采之作《傾城之戀》的素材。

羅馬不是一天造成的，而羅馬的雄偉和美麗，乃是來自它在每個歷史階段的遺跡積累而成。每個歷史階段的建築各有其不同的風格和功能，單獨來看，也許顯得單薄，甚至無趣，但卻都是形成羅馬最終之雄偉與美麗的基石。

人生的階段性亦復如是，每個階段各有它們的特色與任務。

夢想猶如一場豐盛的宴席，令人神往。但你不必急於赴宴，因為豐盛的宴席通常是在晚上才舉行，現在是你人生的早晨，是你為晚上豐盛的宴席準備材料的階段。

W上

音樂家與職籃巨星

M：

被譽為二十世紀最佳鋼琴曲目詮釋者的魯賓斯坦（Arthur Rubinstein），像巴哈、莫札特般，是個音樂神童，三歲時就彈得一手好鋼琴。

在他成名後，有一位年輕的淑女在聽完他出神入化的演奏後，以崇拜的口吻對他說：「我多麼希望我的鋼琴能夠彈得跟你一樣好。」

魯賓斯坦回答說：「如果妳能一天練琴六到八個小時，並且心無旁騖地苦練許多年，妳的願望可能就會實現。」

即使音樂需要相當的天分，但魯賓斯坦強調的卻是「苦練」，而非「天分」。如果沒有苦練，那即使有再高的天分，也難以開花結果。我們常常迷惑於莫札特、貝多芬（Ludwig van Beethoven）等人特殊的天分或資賦，而忽略了絢麗背後更可貴的苦練。

我想，沒有人會否認磨鍊的重要性，但很多人可能會認為，要花心血去苦練某種技能之前，必須先衡量投資報酬率，苦練沒有什麼指望的事情，到頭來也許只是白費心血。

這當然有部分的真實性，不過世事往往有出人意表者。

美國職業籃球的超級巨星——芝加哥公牛隊的「飛人」麥可．喬丹（Michael Jordan），他在籃球場上出神入化的演出，同樣令人歎為觀止，那當然也是運動天分加上無數的苦練所造就出來的。

但有很長一段時間，喬丹並不被認為是個天生的籃球好手。

喬丹在讀中學時雖然熱衷於籃球，但卻有個致命的缺點——身材並不高大，九年級時（相當於國中三年級），身高五呎八吋，在學校的九年級球隊裡算是「矮」的，但他以苦練來彌補身高上的不利，在練球時，他總是第一個到場，最後一個離開。回到家裡，更是和他哥哥及同伴拚命練習。周末若沒有比賽，他就從早到晚練球練個沒完。

十年級時，雖然長到五呎十一吋，而且球技精湛，但教練還是嫌他「矮」，只讓他當學校代表隊的「二軍」。喬丹雖為此暗自飲泣，不過他並不氣餒，反而更賣力地磨鍊自己的球技，在「二軍」參賽時，每場球賽的平均得分高達二十八分；而就在這一年裡，他「忽然」又長高了四．五吋，因為身高「暴漲」，他才順利地被選為學校正式代表隊的隊員。

由於平日的苦練，再加上身高助勢，使他如虎添翼，而被北卡羅萊納大學籃球隊網羅，為他日後踏上的職籃鋪路。但球隊教練看上他的並不是他的天分或身高，而是多年培養出來的勤奮不懈、苦練的精神。

如果喬丹要等到自己長得「夠高」，才加緊練習球技，那可能為時已晚。磨鍊，絕不是臨陣磨槍、臨渴掘井。

即使你的資質再好，若沒有經過琢磨，也是一塊沒有什麼價值的璞玉。而如果你因為自覺在某方面不如人，而且相信「勤能補拙」，願意比別人花更多的心血去練習，使它成為一種良好的習慣，那麼有一天物換星移，情況變得對自己有利時，這種良好的習慣就更能使你脫穎而出。

W上

機會的兩種含義

M：

生命的可以期待，不只因為它經常是必然的，有一分耕耘，就有一分收穫；更因為它也經常是偶然的，不意出現的機會，使我們的人生能柳暗花明又一村。

機會或偶然確實會像一隻「看不見的手」或「突然伸出來的手」，左右我們的人生。

美國報業鉅子普立茲（Joseph Pulitzer）的闖入新聞界，就是來自如下的偶然：在聖路易市靠自學而取得律師資格的他，因為沒有什麼顧客，而在某天晚上，到麥肯泰圖書館閒逛，看到兩位老先生在下棋，他因一時技癢，不僅多嘴而且還插手其間，使原本落敗的一方反敗為勝。兩位老先生不僅不以為忤，反而對普立茲的棋藝大為激賞。結果他的機會來了。

因為這兩位老先生正是聖路易《西方郵報》的老闆，他們邀請普立茲到該報擔任記者。普立茲抓住機會，此後即在報業日漸嶄露頭角，自行創辦並併購多份報紙，而且還設立普立茲獎，成為舉足輕重、影響深遠的新聞界巨人。

但就像巴斯德（Louis Pasteur）所說：「機會只眷顧有準備的心靈。」我們很難說普立茲那天晚上走進麥肯泰圖書館純屬偶然，因為麥肯泰圖書館一向就是他奮發向上、充實自己的地方。而普立茲所獲得的機會，也沒有附贈成功。普立茲是因為靠他鍥而不捨、追究真相的精神，所寫出的第一篇採訪稿比其他人都來得正確而詳細，才令兩位報老闆和總編輯刮目相看的。

機會雖然眷顧有準備的心靈，但如果普立茲在兩位報老闆邀請他時，捨不得自己好不容易才取得的律師資格（雖然門可羅雀），而有所猶豫，那也就沒有後來的普立茲了。

所以，「機會也眷顧無所羈絆的心靈」。當別人給你或自己發現機會時，你必須當機立斷，割捨不必要的牽絆，跳出僵化的窠臼，抓住那個機會，盡情揮灑，才能帶來成功。

比爾．蓋茲在創立微軟公司時，只有十九歲，當時還是哈佛大學的學生。他憑著自己傑出的能力和獨到的眼光，看出未來電腦發展的契機，而且認為這個機會可能稍縱即逝，所以他毅然放棄學業，跳出「畢業再創業」的窠臼，擁抱未來，而在短短的幾年間，成為資訊業的巨人。

有「華人比爾．蓋茲」之稱的楊致遠，在創立雅虎網路資訊檢索服務公司時，也只有二十六歲，仍在史丹福大學攻讀博士學位。在「魚與熊掌不可兼得」的情況下，他同樣抓住機會，放棄即將到手的博士學位，而全心投入雅虎的工作，結果一鳴驚人。

機會什麼時候會降臨你身上，誰也不知道。但在機會來臨之前，你應該了解它的兩種含義：機會眷顧有準備的心靈，但機會也眷顧無所羈絆的心靈。

W上

快速的真諦

M：

當我年輕時，常聽人說：「我要在三十歲前賺第一個一百萬。」但現在聽到的是：「我要在三十歲前賺第一個一千萬。」這不只是貨幣貶值的問題，而是有愈來愈多的人，渴望以更短的時間去實現他人生的階段性目標，包括賺錢、成名、獲得學位或發現偉大的真理等。

快速，當然有其誘人之處，像前面所說的比爾．蓋茲和楊致遠，都屬於快速成功型的，但那畢竟是鳳毛麟角，更多追求快速的人，不是鋌而走險，就是流於草率、淺嘗即止、缺乏耐性；一看風頭不對，就見風轉舵；結果反而欲速則不達。雖然有人看似成功了，但快速地成功，卻也快速地失敗、銷聲匿跡和被淘汰，經不起時間的考驗。

單憑快速，絕不足以成事。日本的企業鉅子松下幸之助，曾提到一次令他印象非常深刻的經驗：

有一次，美國的一家周刊雜誌要登他的一張照片，而請一位特約攝影師幫他拍照。松下依約定的時間到攝影棚時，想不到特約攝影師和他的助手早在一個半鐘頭之前就抵達，先研究攝影棚和做好各種準備，準備工作之周全，令他非常吃驚。而更令他吃驚的是，雜誌只要登一張照片而已，但那位攝影師卻一下子換背景、一下子換角度、一下子拍黑白、一下子拍彩色，一共拍了一百二、三十張，足足花了一個多鐘頭。

松下幸之助說，那位攝影師「平均一分鐘拍兩三張，動作之快速，簡直無法形容。」登在雜誌上的那張松下照片相當完美，但它的完美不是來自攝影師的「神來快門」，而是從一百多張照片中精挑細選出來的。而這位攝影師所以能成為世界一流雜誌的特約攝影，正是因為他不只「快速」，而且要求「完美」。

我們今天說愛迪生「發明了電燈」。但熟知內情的人都知道，電燈的發明牽涉到很多層面，譬如真空燈泡、燈絲、供電系統等，而每個層面在當時都有很多競爭者，愛迪生和他的助手只是在各方面做得「最快」而且「最好」而已。

愛迪生的確比別人快速，但那是由無數的嘗試和不眠不休的努力累積起來的。譬如為了做出耐燃的燈絲，在一八七九年，他和助手們一共試驗了將近一千六百種材料，最後找到能發光三百小時的碳化紙燈絲。但他還不滿意，又嘗試各種植物纖維，至少實驗了六千種植物，而且派助手們到世界各地去尋找最適當、最理想的燈絲材料。

愛迪生的「最快」和「最好」，是因為他做了「最多」的實驗。只要你肯花時間，「快」和「多」其實並不衝突。

快速，絕不是「縮短」完成一件工作應有的時間，而是每天投入「更多」的時間，使它能在更短的期限內完成。這樣的快速才不會流於草率，也才能既快又好。

W上

珍珠的形成

M：

有一位言情小說作家，一個月可以寫一本十幾萬字的言情小說，一年可以出十本小說，沒幾年就「著作等身」。但所寫的一百多本小說卻沒有一本能引起文評家的重視，更不要說流傳後世了。他的小說就像廉價的盒裝飲料，被讀者「看完即棄」。

俄國小說家托爾斯泰（Leo Tolstoy）花了將近七年的時間，才完成《戰爭與和平》（*War and Peace*）。在這部卷帙浩繁的史詩性巨著裡，出現的人物多達五百五十九人，呈現的是一八〇五年到一八二〇年，從拿破崙入侵俄國到十二月黨人運動期間，俄國社會變動的點點滴滴。單憑這部小說，托爾斯泰就已成為不朽的文學巨擘。

為了做到連微小的細節都忠於現實，托爾斯泰所收集的相關歷史資料和著作，多得可以成立一座小型圖書館。而為了講究寫實逼真，他更親臨其境，到發生重要戰役的幾個現場做實地考察和採訪。他更一再改寫他的初稿，保留下來的手稿多達五千二百餘頁，光是小說的開頭就有十五個版本；多數章節都經過七遍的修改和抄寫（抄寫的工作由他妻子負責）。

一八五九年，達爾文（Charles Darwin）發表他的曠世鉅著《物種原始》（*On the Origin of Species*），這本倡言進化論的科學著作使他一夕成名。很多人津津樂道於達爾文原是個浪蕩子，在愛丁堡大學就讀時，不務正業，成天騎馬、溜狗、打獵，後來搭乘「小獵犬號」，參加繞行世界、為期五年的科學調查團，在這趟科學之旅裡，他看到了許多自然奇觀，發現了大量化石，觀察了無數的動植物，而就是這些特殊的經驗使他產生了進化論的偉大理論。

這給人一種印象：達爾文似乎是「輕鬆而快速」地發現了偉大的真理。但事實並非如此。達爾文在一八三六年就從那趟科學之旅回到英國，二十三年後才發表《物種原始》，在這漫長的二十三年間，達爾文並不是在騎馬、溜狗、打獵，而是埋頭在整理他的資料、構思他的理論。

心理學家格魯柏（Howard Gruber）曾仔細研讀達爾文在旅遊歸來到發表《物種原始》期間浩繁的思想筆記，他發現達爾文並不是一開始就獲得結論的，而是一再地摸索、碰壁、增添、修飾，才慢慢形成其理論的。雖然他在一八三八年就大致有了「物競天擇，適者生存」的概念，但他覺得自己的理論太過新穎，可能會引起大量的反對聲浪，所以他又花更長的時間仔細蒐集資料，來支持自己的觀點，直到一八五九年才大功告成。

我們通常只注意到某人「忽然」成功了，但卻鮮少去了解這個「忽然」背後，隱藏了多少不為人知的「辛勤而漫長」的工作。

有些事是急不得的。真正而有價值的成功，通常是來自辛勤而漫長的努力，就像蚌對待一粒沙般，唯有日積月累，才能使它變成珍貴的珍珠。用「快速」養珠法或造珠法造出來的「珍珠」，只是贗品，是沒有什麼價值的。

W上

休息的藝術

M：

心理學家歐森（R. W. Olson）曾提到一個有趣的故事：

有一個鋸木工人面對堆積如山的木材，他埋頭不停地鋸，緊張得不敢休息。好心人士勸他：「我看你的鋸子都有點鈍了，你應該休息一下，磨磨你的鋸子吧！」鋸木工人卻不耐煩地說：「你沒看到我有這麼多木材要鋸嗎？哪有時間去磨鋸子！」

你也許會認為這個鋸木工人缺乏頭腦。但很多人在處理問題時，都不自覺地陷入這種「鋸木工人的困境」中，他覺得有很多事情要做，所謂「一寸光陰一寸金」，他不敢浪費絲毫時間，只能辛勤地埋頭苦幹，不願意休息，甚至不願意去磨利他的「鋸子」。

我前面幾封信，似乎都在強調一個人應該如何「辛勤而漫長的工作」、如何「苦練」，但這絕不是說一個人不應該休息，休息之必要就像工作之必要。休息，不僅是為了走更遠的路，更為了磨利你的「鋸子」——腦筋或心靈，好讓你的問題能「迎刃而解」。

愛因斯坦曾問：「為什麼我最好的靈感總是在早晨刮鬍子的時候浮現？」對一個理論物理學家來說，「刮鬍子」就是他休息的時候。很多人也都有類似的經驗，譬如同是物理學家的海森堡（Werner Heisenberg），也是在費心想解決原子光譜卻徒勞無功，外出度假散心時，量子論的靈感忽然浮現在他的腦海中。

有些人更將休息當作一種策略。譬如法國數學家朋家萊（Henri Poincaré），每當他思索一個數學難題，百思不得其解而搞得頭昏腦脹時，他就會暫時放棄，出去外面透透空氣解解悶，結果在他步上公車或在海邊散步時，帶來問題解答的靈感就會不意地浮現於腦海。

有些人則在休息中「觸類旁通」，而有意外的收穫。譬如華裔建築師貝聿銘，他在承攬美國「國家大氣研究中心」的建築設計工作時，面臨極大的挑戰。因為他過去擅長的是都市建築，而這個研究中心卻要蓋在科羅拉多州海拔六千二百呎的岩石台地上。他苦苦構思不下十五個計畫，但都無法如意。後來，他乾脆放下工作，開車外出遊覽，結果在科羅拉多州南部維德平台上看到不少印地安人殘留的塔樓，他發現這些塔樓的外型和顏色，與附近地形渾然天成地揉合在一起，他由此獲得了啟發，而以配合岩石台地的幾何圖形來設計「國家大氣研究中心」，該建築不僅是他最發人深省的作品之一，而且這種建築形式更成為他日後獨特的風格。

休息，不僅是為了恢復活力，讓我們等一下或明天工作時更有效率；從心理學的角度來看，當我們的意識長期專注於某個問題後，經常會陷入死胡同，此時，花再多的時間可能都只是徒勞；但如果能出去散散心，讓褊窄的意識休息，那麼更為廣遨的潛意識即有浮現的機會，而它就是所謂的「靈感」。

在辛勤工作之後，需要休息，為自己的肉體和意識提供假期，不僅有益健康，更有益你的夢想。

W上

打破舊習・創意人生

M：

每個人都希望自己是個有創造力的人，過著有創意的生活。所謂「創造」，是指「將新東西導入存在的過程」。愛迪生的發明、畢卡索的繪畫、貝多芬的音樂固然是創造，貝聿銘的建築、白蘭洗衣粉的廣告也是創造，家庭主婦以新配料煮出一道新佳餚、小朋友以積木堆出一個書本上沒有的城堡，同樣是創造。

每個人都有創造潛能，但真正讓它開花結果的並不多。因為多數人都懶於，甚至怯於表現他們的創造力。每個人心中也都有潛在的創意敵人，而扼殺一個人創造力的最大敵人是「習慣」，也就是以既有的、固定的、僵化的模式去從事思考、選擇和行動，像茶來伸手飯來張口般。

習慣，固然給予我們不少方便，但既然是「舊有」的反應模式，當然也是最沒有「創意」的方式。

要做一個有創意的人，必須將眼光穿越到「既有模式」之外。

德國的物理學家倫琴（Wilhelm Röntgen），當他在做陰極射線實驗時，發現旁邊的銀幕上出現異常的綠光。其實，過去的科學家也都看過這種綠光，只是他們認為它不符合既有的陰極射線理論而加以忽略，但倫琴不僅特別留意，而且如獲至寶。結果他從這「既有模式」之外的綠光中，發現了一種新的輻射線——X光。

要做一個有創意的人，必須勇於打破「既有的」思考習慣。

在天花肆虐的時代，多數想為人類解除這種痛苦的醫師，都習慣性地把心思和研究重點放在「病人為什麼會得天花？」或者「如何治療天花？」上，但效果不彰。後來，英國的勤納醫師（Edward Jenner）擺脫舊有的思考模式，他注意到擠牛奶的女工很少得天花。他改問：「這些女工為什麼『不會』得天花？」

結果他從中發明了「種牛痘」這種預防接種法，不僅為世人解除了天花這種苦難，更開創了「免疫學」此一嶄新的醫學領域，使過去很多威脅人類的傳染病，都因這種預防接種法而消失或幾近絕跡。

心理學家威廉．詹姆士（William James）說：「天才，事實上，跟以非習慣性的方式去知覺事物相差無幾。」倫琴和勤納就是這樣的天才。我們當然不一定要做「天才」，但如果想過有創意的生活，卻也必須勇於「破舊立新」。

很多人都無法擺脫慣有的思考及解決問題方式，因為習慣就像舊鞋或舊牙刷一樣，讓我們覺得舒適。想嘗試新方法、新經驗、新人生，就像換新鞋或新牙刷，開始時總是會覺得不太舒服、怪怪的，但早晚你就又會「習慣」；而只有一再地「破舊立新」，人生才能「苟日新，又日新，日日新」。

W上

風集——風簷展書讀

認識的喜悅

M：

「知識就是力量。」培根（Francis Bacon）如是說。知識，不僅是我們認識世界、解決問題的有「力」工具，也是人生追求的目標之一。

學生時代，正是一個人讀書和追求知識的大好時光。但你說，現在學校教的很多東西，對大多數人將來的工作或日常生活其實都沒有什麼用。譬如幾何學，除了將來走理工或相關工作的人外，其他人根本就用不到什麼分角線、橢圓、切線等，不出學校幾年，就大部分都忘記了。與其花時間學這些艱深的東西，不如改學比較實用的知識。

我想這牽涉到兩個問題：一是一門知識在將來是否能「派上用場」，我們現在無法預知，但多數人的經驗是「書到用時方恨少」。一是我們學習的並非一門知識的細微末節，而是它的紋理和結構，譬如幾何學，它的神髓是在訓練我們對一個問題做條理清晰的思維、演繹和證明，而不是那些分角線和切線。

法布爾（Jean-Henri Casimir Fabre）是一個知名的昆蟲學家，著有膾炙人口的《昆蟲記》（*Fabre's Book of Insects*），但早年卻花很多時間研習幾何學。幾何學對他後來所研究的昆蟲有什麼用呢？法布爾說，當他在寫《昆蟲記》時，「特別感到年輕時候學的幾何學發揮了莫大的功效。尤其要將自己的發現和想法讓他人了解時，由『幾何證明』學到的循序漸進的論理方法，特別有用。」他甚至後悔當年沒有好好學希臘、拉丁古典文學，而無法使他的科學著作「更富於美學」。

我們當然希望能「學以致用」，但這並不是說我們要先確知一門知識或一本書對自己有用，然後才去學它、讀它。對你來說，人類學家李維史陀（Claude Lévi-Strauss）的《野性的思維》（*The Savage Mind*）這本書也許是沒有什麼用的，但它卻能對你的疑問提供一個相當「有用」的答案：我想你也知道，原始民族對自然界的動植物擁有非常豐富的知識，我們常想當然爾地認為，那是因為這些動植物對原始民族具有相當大的經濟效益，是他們先體認到動植物「有用」，所以才花心血去認識它們的。

但李維史陀告訴我們，真正的情況可能剛好顛倒：是原始民族為了滿足自己的好奇心和求知欲，仔細去觀察、思索、研究這些動植物，在對它們有了充分的認識後，才知道這些動植物的哪些部分可以吃、哪些部分可以治病、哪些部分可以做毒藥的。

「動植物並不是由於有用才被認識的，它們之所以被認為有用或有益，乃是因為它們首先已被認識了。」這是李維史陀的結論，只要把「動植物」換成你所說的「書」或「知識」，就是我所能給你的答案。

其實，任何東西，只要被寫成書，或者被系統化成知識，就具有它的工具性價值。就拿最脫俗的古典詩詞來說，它也有所謂「怡情悅性」的工具性價值，甚至在你談戀愛寫情書時都能派上用場，但如果一個人是先認為古典詩詞對怡情悅性或寫情書「有用」，才去讀它們，那就有點焚琴煮鶴了。

讀書或追求知識的最初原動力在於滿足好奇心和認識的喜悅。一本書或一門知識對自己到底是「有用」還是「無用」，我們難有先見之明，只有先去「認識」它，你才會知道。

W上

知識的魅力

M：

「有一條穿越田地通往新南門的小路，我經常單獨一個人到那兒看日落，心裡浮現自殺的念頭。」有一個年輕人，在十八歲的時候滿懷愁緒，而有輕生的念頭。不過，他接著說：「但我沒有自殺，因為我想多知道一點數學。」

這個年輕人就是後來寫出《數學原理》（*Principia Mathematica*）等著作的偉大哲學家羅素（Bertrand Russell）。他以奇特的方式來表白他的求知欲，對（數學）知識的追求，竟然是支持他「活下去」的最大力量。

「知識就是力量。」這句話除了說知識是我們認識世界、解決問題的有「力」工具外，它同時表示，知識本身會散發出一股迷人的魅「力」，一個具有好奇心和求知欲的人，必然會被它所吸引。我想羅素對數學的看法，後者的成分要大於前者。

知識不僅迷人，有人更將對知識的追求視為他人生最高的目標，因為「知識就是真理」，他的追求知識就是在追求真理——不只要親炙歷經無數代人的探尋、思索、驗證而留傳下來的人類智慧的結晶，而且要加入這個探尋、思索與驗證的行列，為世人添加更多的知識、孕育更多的真理。

為了追求知識和有系統地傳授各種知識，人類「發明」了學校；為了了解你對各種知識的了解情形和追求成果，人類又「發明」了考試。知識雖然迷人，但考試卻不迷人，它使很多知識蒙上一層「痛苦」的色彩，而大大減少了追求知識本身的樂趣，這確實是個問題。

有一個人，在大學時代主修的雖然是植物學，但卻很喜歡地質學這門知識，不僅對整個課程瞭若指掌，還讀了很多課外的東西，而「猴急」地想參加期末考。考卷一發下來，她忙著看試題，隨即振筆急書地作答，每一題她都會，她開心極了。

但等到她「渾然忘我」地答完試卷，回過頭來要寫上自己的名字時，竟然忘了自己姓啥名啥！她左顧右盼，發現同學們都還「痛苦」地作答，而她唯一的痛苦就是在考試時「忘了我是誰」。在想了二十分鐘後，她才想起自己的名字。

這個人就是後來從對玉蜀黍的精密研究中發現「跳躍基因」，而獲得諾貝爾獎的芭芭拉·麥克林托克（Barbara McClintock）。

做為一名學生，你無法避免考試。而避免痛苦的最好方法也許就是像麥克林托克，在平時就對一門知識下功夫，有充分的準備，則不僅讀書充滿樂趣，連考試也會充滿樂趣。而當考試變成一種樂趣時，你就能更主動地去追求更多的知識。讓知識愈有魅「力」，而你也就會愈有「力」量。

W上

讓心靈悸動的閱讀

M：

一般說來，提供知識和訊息的書籍，只能讓我們獲得「知性的喜悅」；但多數人更渴望從閱讀中獲得「心靈的悸動」。要想獲得這種「感動」，我們也許必須到傾訴個人情感、揭櫫人類理想與充滿想像力的小說、傳記、隨筆及哲學著作中去尋找。

愛迪生為了幫忙家計，十二歲時就到火車上，扛著比身體還大的販賣箱，邊走邊叫賣報紙、水果和點心，隨著火車四處流浪。有一天，他讀到雨果（Victor Hugo）的小說《孤星淚》（*The Miserables*），不禁感動得熱淚盈眶。因為他覺得自己就像書中那些可憐的孩子。雨果的《孤星淚》不僅是他慘綠少年歲月中的最大慰藉，同時也淨化了他受創與悲憤的心靈。有很長一段時間，他的同伴都因此而戲稱他為「維克多．雨果．愛迪生」。

我們需要有這種讓自己熱淚盈眶、撫慰與淨化心靈的閱讀，特別是在自己寂寞困苦的時候。

著有《純粹理性批判》（*Critique of Pure Reason*）的哲學家康德（Immanuel Kant），終生過著非常規律而理性的生活，每天晚上十點一定準時上床睡覺，第二天早上五點就起床，他特別囑咐僕人，如果時間一到他還賴床，就必須毫不留情地將他拉離床鋪。每天傍晚四時則一定準時出外散步，而且循著固定的路線，當地的民眾都以他走過自家門口的時刻，來調整他們的時鐘。

他生平唯一一次打破這種規律、理性的生活，是在他四十二歲時，因閱讀盧梭（Jean-Jacques Rousseau）的《愛彌兒》（*Émile*），看得入迷，竟至放棄了傍晚四時固定的散步，而且到了晚上十點，還不想上床，因為他被盧梭在書中所揭櫫的教育理想深深「打動」和「懾服」，而在心靈的酩酊中一口氣讀完它。

我們需要有這種打破沉悶生活，讓自己酩酊與懾服的閱讀，特別是在太過理智的時候。

詩人徐志摩年輕時代，原來自許要做個傑出的金融家。當他在哥倫比亞大學經濟研究所就讀時，情緒低落，但因讀到尼采的《查拉圖斯特拉如是說》（*Thus Spoke Zarathustra*），而感到無比的驚心、無比的振奮：「我彷彿跟著查拉圖斯特拉登上了哲理的山峰，高空的清氣在我的肺裡，雜色的人生橫亙在我的眼下。」

尼采像一道閃電，照亮且指引他蒼涼的生命，在他困頓低潮的時候，帶給他無限的歡愉和激勵，不僅讓他一掃陰霾，而且放棄即將到手的經濟學博士學位，轉而到英國劍橋去研讀哲學。

我們需要有這種讓自己的靈魂激昂澎湃，並在其感召下，將它化為具體行動，改變自己人生的閱讀。

W上

讀書需走愛之路

M：

舞蹈家鄧肯因家境貧寒，十歲即輟學返家教人跳舞，但她卻很喜歡讀書，每天跋涉遠路到奧克蘭的圖書館借書，經常在夜裡對著燭光，看書看到天亮，她在少女時代就讀遍狄更斯（Charles Dickens）、辛克萊（Upton Sinclair Jr.）和莎士比亞（William Shakespeare）的作品。後來在巴黎，有一段時間也天天到歌劇院圖書館，把從埃及以迄現代，有關舞蹈的書都讀了一遍。

物理學界的怪傑費曼（Richard Feynman），說他在小學時代，就自己到圖書館借《實用代數》、《實用三角》等書，回家自行演算。十三歲時，得知圖書館添購《實用微積分》，又立刻去借閱。

圖書館管理員皺著眉頭問他：「小孩子借這種書做什麼？」費曼只好撒謊說是「幫父親借的」。但幾天後，他已比父親懂得更多的微積分。

李遠哲在決定從化工系轉到化學系後，聽說熱力學很重要，為了學習熱力學，他在大一暑假，就和高他兩屆的張昭鼎兩人拿著一本 Lewis Randall 的書，從第一頁開始念。雖然英文程度不太好，書的內容也很深，但他們還是一頁一頁念下去。兩人就這樣在宿舍裡輪流開講，相互質問，花了一個暑假，念了大半本。

在決定將來要走物理化學的路後，李遠哲除了到物理系去選一些相關的課程外，又和物理系的一些學長們挑了一套三冊的「原子物理」的書，利用晚上的時間在台大二號館輪流開講，相互切磋。他說他用這種方式「念了不少書」。

鄧肯、費曼和李遠哲三個人讀的書雖然不同，方法也有別，但卻有一個共通的地方，他們讀書循的都是「愛之路」——主動閱讀、學習，而非「義務之路」——被動閱讀、學習。

學校教育很奇怪地把書分為兩種：一是我們有義務要讀的書，也就是教科書；一是我們沒有義務要讀的書，譬如小說。而多數人也因而產生一種奇怪的心態，認為有義務要讀的書，等到需要讀的時候再讀就可以，現在寧可讀些不見得有義務但自己卻喜歡讀的書。結果就出現了兩條讀書路線：一是「義務之路」，一是「愛之路」。

圖書館管理員之所以質問費曼，因為大家認為微積分是學校規定要讀的東西，你只需走「義務之路」，等到上大學以後再讀就可以了。李遠哲和他的友人之所以令人動容，因為那兩本書都不是學校或教授規定要讀的書，「何必自找麻煩去讀它們？」

像鄧肯這種無緣或無福接受學校教育的人，反而比較單純，他們讀書，走的都是「愛之路」而非「義務之路」。其實，只要你喜歡而且有能力吸收，你什麼時候都能主動追求你感興趣的知識，提前以「愛之路」來讀你有義務要讀的書。

書也許有兩種，但正確的讀書之路只有一條，就是「愛之路」，只有主動地去閱讀、學習，你才會較愉快，也較有收穫。

W上

為學要如金字塔

M：

作家梁實秋在〈影響我的幾本書〉這篇文章裡，一口氣列出了八本書，分別是施耐庵的《水滸傳》、胡適的《胡適文存》、白璧德（Irving Babbitt）的《盧梭與浪漫主義》（*Rousseau and Romanticism*）、叔本華（Arthur Schopenhauer）的《雋語與鍼言》（*Counsels and Maxims*）、斯陶達（Lothrop Stoddard）的《對文明的反叛》（*The Revolt Against Civilization*）、《六祖壇經》、卡萊爾（Thomas Carlyle）的《英雄與英雄崇拜》（*On Heroes, Hero-Worship, and The Heroic in History*）、奧瑞利斯（Marcus Aurelius）的《沉思錄》（*Meditations*），並扼要說明每本書對他的為學做人產生了什麼影響。

雖然梁實秋謙稱自己「讀書不多」，但他其實是一個非常博學的人；而只有博學的人，才能體悟自己讀書實在「不多」，因為面對浩瀚如汪洋的書海，讀再多的書，也不過是滄海一粟而已。

但從這份書單可以窺知，梁實秋讀的書頗「雜」，有相當大的涵蓋面。書一向被視為「精神食糧」，讀書就跟「吃飯」一樣，我們不可能吃盡天下的食物，但要獲得足夠而均衡的營養，我們卻不能偏食，而應該什麼都吃一點。同樣的道理，要獲得足夠而均衡的「精神營養」，我們也不能「偏讀」，閱讀的領域應該愈廣愈好。

一個博學者，通常也是「雜讀家」。而一個真正的知識分子，除了本行的專業知識外，對其他知識體系也應該要有起碼的常識。所謂「為學要如金字塔，要能博大要能高」，「高」指的是專業知識，而「博大」指的則是一般常識，它還是有賴廣泛的閱讀。

物理學家吳健雄，在學生時代曾有過一則逸事：當她從蘇州女子師範畢業，進入中央大學數學系（後來轉物理系）前，曾利用空檔先到中國公學進修。因為自覺在文史方面的知識有所欠缺，所以除了選兩門數學課外，更選了楊鴻烈的歷史學、馬君武的社會學，還有胡適的「有清三百年思想史」三門課。她像讀數學般認真，結果三科都得到一百分，讓胡適驚為天人。後來，吳健雄到柏克萊加州大學留學，胡適還特別寫一封長信勉勵她：

「你是很聰明的人，千萬珍重自愛。這還不是我要對你說的話。我要對你說的是希望你能利用你的海外駐留期間，多留意此邦文物、多讀文史的書，多讀其他科學，使胸襟闊大，使見解高明。我不是要引誘你『改行』，回到文史路上來；我是要你做一個博學的人……凡第一流的科學家，都是極淵博的人，取精而用弘，由博而反約，故能有大成功。」

吳健雄後來果然不負胡適的厚望，成為一個頂尖的物理學家，有「中國居禮夫人」的美譽，同時也是一個博學的知識分子。

胡適勉勵吳健雄的一番話，對你以及時下的年輕學子仍相當受用。學科學的人，應該具備人文知識；而學人文的人，也應該具備科學知識；這樣，才有可能成為眼界開闊、見識恢宏的知識分子。

W上

消遣中的奇遇

M：

我們讀書，的確有一大部分純粹是為了消遣。你問我：「但在為了消遣而讀書時，是否也應該有所選擇？」

老實說，我很難回答你這個問題。當然，我可以像其他人般，勸你「多讀好書，少讀壞書」。但問題是對別人「好」的書，不見得對你「好」；而對別人「壞」的書，也不見得對你「壞」。

在為消遣而讀書時，心情最好能放輕鬆一點，不必去想「是好是壞」或「有沒有用」這類的問題。

我前面提到達爾文在參加環球科學調查之旅，回到英國後，他花了相當長的時間，閱讀各種相關書籍，絞盡腦汁苦思，想對他的觀察所得提出一套合理的解釋，但卻到處碰壁，進展緩慢。

有一天，他為了「消遣」，而拿起馬爾薩斯（Thomas Robert Malthus）的《人口論》（*An Essay on the Principle of Population*）來閱讀，書中提到人口成幾何級數增加，而可耕地只能以算術級數增加，這將會帶來悲慘的結果。達爾文看得津津有味，後來看到其中的一句話：人們「為了生存而搏鬥」，就是這句話使達爾文靈光一閃，「觸類旁通」，產生生物進化的原動力是來自「生存競爭」的想法。

「物競天擇，適者生存。」達爾文進化論的八字真言就是這麼來的。但當初達爾文拿起《人口論》，卻是為了「消遣」或滿足好奇心，如果他心裡想的是「這本書對我是好是壞？有沒有用？」那他可能就不會拿起《人口論》了。

又譬如金庸，他在中央政治學校外交系念書時，因打抱不平而被勒令退學後，透過親戚協助，到中央圖書館閱覽組當閒差。因為無聊，而飽覽館中收藏的西方傳奇小說，像司各特（Sir Walter Scott）的《撒克遜劫後英雄傳》（*Ivanhoe*），大仲馬（Alexandre Dumas）的《俠隱記》（又譯《三劍客》，*The Three Musketeers*）、《基度山恩仇記》（*The Count of Monte Cristo*）等來消遣。

有人也許會認為金庸這是「玩物喪志，不知悔改」，殊不知就是這些「玩物喪志」的閱讀使金庸成為當今的武俠小說泰斗。因為後來在提筆寫武俠小說時，他把這些西方劍俠傳奇的結構特色，融入中國傳統的俠義小說中，而產生了有別於他人的獨特風格。

雖然我們不必寄望在為消遣而閱讀時，也都能「開卷有益」，但確實有不少人因讀「閒書」而獲益，甚至帶來不期而遇的偉大創見。

其實，不管是中文的「知識」或英文的knowledge，都是由「認識」（know）而來。《聖經》裡有一句話說：「亞伯拉罕認識（know）他的妻子，她便懷孕了。」當我們經由一本書而「認識」了一種知識後，它可能就會使我們原來熟知的其他知識「受孕」，而產生意想不到的知識「結晶」。

就好像很多小說所描述的人生奇遇：某人因一次小小的放縱或者疏忽，而進入一個完全陌生的環境中，遇到相當新奇、有趣的人和事，發生一段令人回味無窮的愛情或友誼等等。在閱讀的領域裡，你只要給自己一些小小的放縱和疏忽，也能獲得這種奇遇。

W上

在不疑處有疑

M：

前中央研究院院長吳大猷說他十二歲時第一次讀《三國演義》，覺得它很吸引人。往後七十幾年，又反覆抽看了不知多少遍，有時還加些眉批。直到八十來歲，床邊還擺著一本《三國演義》，睡不著就翻一翻。如此看著看著，卻也看出了不少疑點：

「譬如說，阿斗在長坂坡時年僅半歲，十七歲時娶了張飛之女為妻，張飛之女亦為十七歲，但是《三國演義》卻不曾提過張飛娶妻之事；此外，劉備首次見到趙雲時，書中描寫趙為少年，但是從趙雲死時的年齡和年號推算，趙雲卻比劉備大上兩歲，這些問題都是十分有趣的。」

吳大猷對《三國演義》的疑問，反映的其實是他平日的讀書態度。他在接受記者採訪時說，他讀書唯一的原則是「書上每一行都要弄懂，要懷疑它，再想辦法證明它是不是對的。」不只讀科學書如此，連看《三國演義》也如此，它顯然已成為一種習慣。

哲學家叔本華會說：「我們讀書時，是別人在代替我們思想，我們只不過重複他的思想活動的過程而已……，在讀書時，我們的頭腦實際上成為別人思想的運動場。」讀書如果不自己動腦去思考，就會被別人牽著鼻子走，那麼即使讀再多的書，也不會有什麼心得，甚至會變得「愚蠢」（即書呆子是也），這也是古人所說「學而不思則罔」的意思。

我們再以「進食」來做比喻，不管吃什麼東西，一定要經過自己口齒的咀嚼、胃腸的消化，才能被吸收，成為自己所需要的營養；同樣的道理，不管讀什麼書，也一定要經過自己大腦的思考、判斷，才能被吸收，成為自己所需要的「精神營養」。

所謂「盡信書不如無書」，讀任何書都應該有懷疑的精神，不是懷疑作者的「用意」，而是懷疑內容的「正確性」與「可信度」。在研究學問、追求知識時更應該如此。

知識的誕生來自「好奇」，而知識的進步則來自「懷疑」。就像蘇格拉底所說，人類只能「逼近」真理，而無法獲得「最後」的真理，在追求真理的過程中，我們只知道前人的某些觀點「錯」了，而對它們提出修正；人類知識的進展，其實就是不斷修正過去知識的歷程。

但要發現前人的某些觀點「錯」了，我們必須在讀書或追求知識時，具有「懷疑」的精神，花點時間去思考它所說的是否合理，想辦法去驗證它對不對。這樣，才是真正的追求。

W上

尋找知識上的敵人

M：

你說你雖然懷疑某些書上所說的東西，但你卻無法自己去驗證它們的虛實，而且以你現在的思考功力，也難以提出更佳的答案。

這的確是個問題。讀書容易驗證難。我們不可能上窮碧落下黃泉，一一去驗證書上所說的話是否真實，而對某些問題的思考，也不見得比作者來得高明。那要如何發現虛妄呢？我想除了要看作者個人的「可信度」外，另一個簡單易行的方法就是「讀更多的書」。

這聽來似乎有點矛盾，既然每本書中都可能含有虛妄的成分，那讀更多的書豈非使虛妄變得更加複雜？如果你想知道某個知識體系是否虛妄不實，是否有它的盲點或弱點，讀同類的書當然沒有幫助，甚至可能使你愈陷愈深。但如果你讀的是它的「知識敵人」的著作，那就經常能收醍醐灌頂之效。

每一個知識體系，甚至每一個作者，都有它（他）的競爭對手，也就是「知識上的敵人」。「敵人」的本質是他會不遺餘力地去尋找對手論述上的疏漏、錯誤、盲點和弱點，並熱心地提供你這方面的資訊。因此，你若想了解某個知識體系或某本書是否虛妄，只要「改讀」它的知識敵人的著作，那往往就能夠「得來全不費工夫」。

譬如人類學家李區（Edmund Leach）在《結構主義之父——李維史陀》（*Lévi-Strauss*）這本書裡，以交通號誌裡的「紅綠燈」來闡釋結構主義的一個基本觀念：在自然界的色譜裡，綠色是紅色的對比色（紅綠互為補色），而黃色是紅、綠兩色的中間色；因為血是紅色的，所以人類就以紅色來代表危險（停止），而以和它對比的綠色來代表安全（通行），然後以紅綠之間的黃色來代表停止與通行之間的注意。

「所以」，自然的層次（紅－黃－綠）與文化的層次（危險－注意－安全）反映出同樣的「結構」。聽起來很迷人，但你要如何辨別它的虛實真偽呢？

結構主義的「知識敵人」是文化唯物論，你只要翻一下哈利斯（Marvin Harris）的《文化唯物論》（*Cultural Materialism*），就會發現，他為了「證明」結構主義的虛妄，花了很多心血去考察人類交通號誌的發展史，從十九世紀英國鐵路系統的號誌、二十世紀初年紐約街道的交通號誌，到現今的鐵公路交通號誌以及警車與救護車號誌的沿革與變遷，很清楚地告訴我們，事情根本不是李區所講的那一回事。以紅－黃－綠來做為交通號誌，只限於公路系統，而且也不是一開始就是如此（有興趣可以自行去查閱）。

總之，哈利斯的舉證，瓦解了前述李區「具體、生動、迷人」的論述，在十分鐘內（就閱讀的速度而言），就讓我們看出結構主義的某些虛妄性。

人類有一種奇怪的選擇性認知，就是當你迷上了一種學說、一個觀念後，通常只會去讀支持此一學說或觀念的相關書籍，這種「知識偏食」正是「危險」與「虛妄」的最大來源。

在現實生活裡，要你去親近你的「敵人」，也許是件困難的事，但在閱讀的領域裡，親近「知識上的敵人」卻一點也不困難（只需將它從書架上拿下來）。它不僅能帶你走進一個以前被你忽略的嶄新世界裡，而且能糾正你的偏頗，使你的眼界更開闊，心靈更自由。

W上

兩個世界的辯證

M：

小說家紀德說：「在書本上讀到海灘上的沙土多麼溫柔，這對我來說是不夠的，我要自己赤裸著雙足走在那上面。」

這句話有兩種意思：一是我們必須自己去驗證，看看海灘上的沙土是否真如書上所說的那麼溫柔；一是我們不能耽溺於書中世界，而必須親自去感覺、去體驗真實的世界。

《聊齋誌異》裡有一則故事說，一位書生家中藏書甚豐，且愛書成癖，不事生產、也不喜交遊，整天沉迷在書堆裡。有一天，他從一本書中發現一把鍍金的徑尺，認為這是「書中自有黃金屋」之驗，而更加勤讀。後來又在另一本書中發現一張剪紙美人，正猜疑這是否就是「書中自有顏如玉」時，剪紙美人忽然化為活生生的美女，自稱名叫「顏如玉」，因感念書生相知而來和他作伴。

「顏如玉」每天陪他彈琴下棋，但書生還是手不釋卷。在「顏如玉」三番兩次勸他「不要再讀書了」，而且要脅離去後，他才慢慢擺脫書本，並聽從「顏如玉」的建議，出門結交朋友，與人議論詩文，而漸漸有了名氣。後來，在生下一名男孩後，「顏如玉」含淚向他告別。書生苦苦哀求，「顏如玉」最後說除非他散盡家中所有藏書，她才有可能留下來。但書生不肯，因為他覺得那等於「要了他的命」。

地方官風聞書生家有妖異，派人來查拿。「顏如玉」在混亂中消失，地方官下令焚毀書生家中所有的藏書。一無所有而悲憤的書生遂上京趕考，結果在第二年中了進士。

這是一則寓意深遠的神話故事。故事為我們提供了兩個世界——「書中世界」和「現實世界」：流連於「書中世界」的書生，幾乎忘記「現實世界」的存在；而來自「書中世界」的顏如玉，卻一再將書生推向「現實世界」。故事的結局是，書生只有徹底走出「書中世界」後，才能在「現實世界」裡有實質的成就，而這樣的成就卻又是來自「書中世界」的啟迪。

其實，我們每一個人也都活在這兩個世界中。不管是為追求知識或消遣而讀書，都能讓我們暫時忘卻繁瑣甚至苦悶的現實世界，但如果因此而沉迷、耽溺於書中世界，甚至以之做為逃避現實世界的工具，並美其名為「書中自有黃金屋，書中自有顏如玉」，那就變成另一種型式的、對現實無能的「書呆子」。

書中世界只是現實世界和生命的投影，不管你讀多少書，你都只是現實世界和生命的「旁觀者」而非「參與者」。雖然我們有必要在某些時候旁觀現實世界和生命，但在更多時候，我們卻必須離開書本，甚至拋棄書本，讓生命去參與真正的現實世界。

W上

水集——

回首來時路

三種際遇，一樣成功

M：

關於個人的未來，如果父母的期待，甚至規劃，跟你自己的想望有很大的落差，這的確是個問題。老實說，我沒有辦法給你一個簡單而明確的答案，只能向你說幾個故事：

日本有一位青少年，家中經營釀酒業，是有名的老字號，他父親為了讓他繼承家業，在中學時代就安排他旁聽公司的業務會議，但他卻一點興趣也沒有。他熱衷的是電子產品，不僅閱讀大量相關書籍，還自己裝配了一台電動留聲機。

考大學時，父親希望他讀商學系，但他卻選擇自己喜歡的物理系。畢業後，父親希望他回釀酒廠工作，但他堅持走自己的路，和朋友成立一家小小的工業社，生產他喜歡的電子小商品，不只辛苦、風險大，更讓父親失望透頂。

他名叫盛田昭夫，當年那家小小的工業社後來發展成跨國大企業──新力公司。盛田昭夫的故事似乎在說，在決定未來的志業時，我們應該聽從自己生命的鼓聲，勇敢堅持個人的興趣，這樣才能發揮所長，才有較多的成功機會。

但這只是部分的故事。

上個世紀，上海有位中學生頗具文藝氣息，讀了很多古書和現代小說，夢想將來要當作家，當他向在銀行界工作的父親透露這個願望時，他父親很不以為然，說當作家會「餓肚子」，而要他也走銀行這條路。他聽從父親的建議，上大學時選了銀行系；但讀了幾個月，大陸變色，父親認為時局紛亂，商科的前途難料，於是要他出國改念理工。他也聽父親的話，並在親戚的安排下，先到哈佛大學，再轉到麻省理工學院，畢業後從事半導體的工作。

他就是張忠謀，後來在台灣創立了台積電，成了很多人欣羨與崇拜的偶像。如果張忠謀當初拒絕聽從父親的建議，堅持自己的興趣去當作家，那會是什麼樣的一個局面呢？誰也不知道。我只知道，在青少年時代，對未來要走什麼路聽從父母的建議，絕非「人生就此一片灰暗」。

但還有另一個故事：美國有位青少年，高中時代就很喜歡電腦，後來在父親的期待下去念醫學院。很有商業頭腦的他批購主機等零件，自行組裝，在宿舍賣起了電腦，生意火紅，但也因此荒廢了學業。憤怒的父親跑到學校來，要他放棄電腦，專心學業；他很不甘心，而主動向父親提出一個妥協與測試方案：讓他暫時休學，專心賣電腦，如果三個月內的銷售額達不到父親所訂的目標，他就不再碰電腦，乖乖念醫學院；否則就讓他退學去創業。結果他在一個月就達到了目標，父親這才相信他對兒子看走了眼，放心地讓他退學去創業。

他名叫麥克．戴爾（Michael Dell），也就是後來「戴爾電腦公司」的創辦人，該公司一度是全球獲利最高、最快的公司。當父子發生衝突時，戴爾主動提出妥協方案，測試自己興趣的能耐與夢想的可信度，不僅說服了父親，也檢驗了自己。

我想說的是：在決定未來的志業時，堅持自己的想望、聽從父母的意見或與父母妥協，都有人成功，當然也都有人失敗，所以大可不必為意見不合而父子反目、劍拔弩張。重要的不是你該聽誰的？而是你對自己的想望做了什麼？又如何讓人相信你真的可以以它為志業？

W上

感謝父母的兩種方式

M：

「我的父母都給了我很大的影響，沒有我的父母我就不會在這裡。因為他們為我犧牲了很多東西，給了我機會接受最好的教育和最喜歡的運動項目。」

有「冰蝴蝶」之稱的關穎珊，在接受鳳凰衛視專訪時如是說。曾獲得五次世界花式滑冰賽冠軍，一次奧運銀牌和銅牌的她，還擔任過美國的公共外交大使。但她把一切成就與榮耀都歸功於父母。

關穎珊在洛杉磯出生，父母是香港移民，開餐館營生。五歲時，因去看冰上曲棍球比賽，點燃了她學習滑冰的興趣；七歲時，第一個滑冰比賽冠軍讓她和父母看到了一個美麗的未來。為了實現夢想，父親每天早上四點多鐘就叫醒她，開車載她去滑冰場練習。還特別聘請教練，讓她接受更專業的訓練，昂貴的費用使她母親必須再去兼差，後來更陪她到冰之城堡國際訓練中心照顧她的生活起居。雖然辛苦，但「望女成鳳」的他們卻甘之如飴。

父母辛勞的付出終於得到成果，子女不僅出人頭地而且表示感恩，這可以說是一個典型的「華人夢」。看看別人，想想自己，如果你已因「我就是沒有這樣的父母」而感到失望，甚至心生怨懟，那勸你再看看下面這個故事：

「我特別要感謝我的父親，因為他沒有逼我繼續上學，沒有叫我去補習班，沒有叫我去電腦班，也沒有將他一生未完成的願望，要我去替他完成，才使我有機會畫漫畫，感謝爸爸！」

這是知名漫畫家蔡志忠在獲頒十大傑出青年獎，上台致詞時所說的一段話。以《大醉俠》、《六祖壇經》、《孔子說》、《莊子說》等漫畫風靡兩岸、日本與東南亞的蔡志忠，同樣為他的成就感謝父母，但感謝的卻是他們沒有為他做什麼。

蔡志忠的父親是小公務員，母親是位農婦。他四歲時，到彰化街上看到有人畫電影看板，覺得很神氣，於是夢想將來當個畫家，回家後開始無師自通，東畫西畫。讀初一時，更自編腳本，畫成作品，投稿到台北的漫畫出版社。初二暑假，他接到漫畫出版社的聘用通知，他鼓起勇氣對正在看報紙的父親說他想去台北畫漫畫，想不到父親頭也沒抬，淡淡地說：「那你就去吧！」

於是第二天，他帶著兩百塊台幣和一個皮箱，隻身到台北，開始他傳奇的漫畫人生，最後終於出人頭地。但他的學識、技巧和創作，可以說都來自自修。

二十多年後，媒體好奇問蔡爸爸當年怎麼會放心讓兒子「離家出走」？蔡爸爸淡淡地說：「我給他們自由，事情只要認真做，就好！」但就是這樣而讓蔡志忠感恩一輩子，因為沒有父親的放手，就沒有今天的他。蔡志忠後來有感而發地說：「我們恨父母，都是因為他們硬要我們做什麼；我們感謝父母，都是因為他們沒替我們做什麼，讓我們自由。」

一個成功的人在回顧自己的過去時，都會對父母心存感謝。不管父母當初為他們做了什麼或沒做什麼，都可以成為激勵自己奮發向上的動力。只有一事無成的人，才會把自己的失敗歸咎於父母。

W上

父親的特別決定

M：

有些人似乎從小就讓父母擔心。幾十年前，在杭州，有位母親憂心忡忡地說：「兒子天生不按常理出牌，說教只怕已無用途！」做父親的則在一旁苦笑安慰：「那我就來當把鐵鍬，一天一小鏟，盡量挖出他的閃光點，再用閃光點去填埋他的劣根吧！」

這個當年讓父母憂心的少年名叫馬雲，正是今天在全球呼風喚雨的阿里巴巴集團的創辦人。少年時代的馬雲雖然體格瘦小，長相又有點另類，但卻以行俠仗義、打抱不平的「大俠」自居，經常打架，而有過縫十三針、一再被學校處分，勞駕父親幫他轉過三次學的輝煌紀錄。

難怪母親會替他憂心。但拿著鐵鍬的父親馬來法忽然看到兒子身上閃過一個亮點：每當他在對兒子嘮叨時，馬雲總是用剛學會的英語嘰哩呱啦地回敬，他竟轉怒為喜：「那好，你就好好學英語，學到能隨心所欲地講，那樣罵人才會痛快！」於是，父親做了一個很特別的決定——開始騎腳踏車帶著馬雲到西湖邊去找來此旅遊的老外聊天。

馬雲用所學的隻言片語與老外們愈聊愈開心，學習英語也愈來愈帶勁，而膽識也愈來愈大，在假日就自個騎腳踏車到香格里拉飯店門口，向老外毛遂自薦當導遊，練英語兼賺外快。也因為如此，他大學念的是杭州師院英語系，畢業後到杭州電工學院教英語，課餘成立供英語愛好者交流的「英語角」；一九九五年，更成為杭州市政府赴美與投資者進行談判的英語翻譯。

這趟美國之旅讓他第一次接觸到Internet（網路），對電腦一竅不通的他立刻迷上了這種新奇玩意，直覺到裡面隱藏著巨大的商機，於是回國後就辭去教職，糾集一批英雄好漢，創辦「中國黃頁網站」，踏上網路行銷之路。

就在馬來法帶少年馬雲到西湖邊和老外聊天之後大約二十年，美國紐約州一名牙醫師帶著一位少年到莫西學院參加研究生的電腦課程。授課老師皺眉：「你不能帶小孩進教室。」牙醫回答：「要上課的不是我，是我兒子。」這位小孩名叫馬克・祖克柏（Mark Zuckerberg），也就是後來「臉書」的創辦人。

馬克十歲時，就迷上父親艾德買給他的電腦，幾乎把時間都耗在上面。艾德看兒子如此喜歡電腦，於是做了一個特別的決定——花錢為孩子找家教，聘請一位軟體研發師每周來上課一次，教馬克如何寫電腦程式。聰明又認真的馬克很快就抓住了訣竅，十二歲時就為父親的診所編制了一個特殊軟體。為了讓兒子更上層樓，艾德又替他報名參加莫西學院的研究生課程，才發生上述趣聞。

我們可以說，馬雲和祖克柏的人生與成就，除了個人條件外，跟父親在他們青少年時代的一個決定也有很大的關係。也許你和朋友的爸媽也替你們請過家教，但教的卻都是如何在考試時得高分的科目，學程式設計？聯考又不考，學它幹嘛？英語很重要沒錯，但讓孩子去上老外開的會話補習班就不錯了，像馬雲這樣被推到第一現場免費學英語兼練膽識的可說絕無僅有。

不凡的成就來自不凡的看法和做法。你和父母也許該多想想。

W上

電影背後的心路歷程

M：

你說李安和史匹柏（Steven Spielberg）是你最喜歡的導演，李安的《少年Pi的奇幻之旅》（*Life of Pi*）和史匹柏的《侏儸紀公園》（*Jurassic Park*）你都看了好幾遍。在電影導演界，李安與史匹柏可說是一時瑜亮，但他們的電影風格和心路歷程卻迴然有別。

李安來自傳統的書香世家，當校長的父親相當威嚴，像一座山給他安全感，但更給他無名的壓迫感。父親期待他能讀個好大學，將來當個出色的學者，可惜李安不太會念書，成績中下，看電影成了他當時唯一的慰藉。兩次大學聯考都落榜，父親的失望和他的愧疚讓全家陷入愁雲慘霧中，後來因怕他出事，父親勉強妥協讓他改考五專，去念他喜歡的國立藝專影劇科。但在畢業後，父親還是希望他出國深造，得到個學位，將來好回台當教授。

在與父親的緊張關係中，母親成了他的避風港。母親知道這個「看葉子飄半天還不讀書」的兒子多愁善感，小時候經常在周日帶他去教會，每天禱告。母親樂觀而看淡世事的態度影響到他，使他能逆來順受，覺得受些挫折（包括他電影研究所畢業後，有六年無業在家）也沒什麼，不會因此而滋生憤恨、不滿。

史匹柏則是很早就「進入」電影這個行業，他不只喜歡看電影，十二歲時就用父親送他的八厘米攝影機記錄家人生活，學習如何運鏡、剪輯、配樂等等，為了滿足他這位「小導演」的夢幻，父母和三個妹妹都成了忠實演員。攝影的想像世界成了他青少年時代排遣鄉居生活的沉悶、撫慰在校被同學欺負（他是猶太人）的不愉快、逃離失和父母在夜裡不斷爭吵聲的法寶。

身為電機工程師的父親希望他往理工方面發展，對數學、化學等功課要求嚴格，但這些卻正是他所憎惡的。而做過鋼琴演奏家的母親，「就像一個大姊姊般充滿活力，對我提供鼓勵」，有一次，他母親還用壓力鍋燜煮三十罐櫻桃，讓它們爆開來，將廚房噴得「血淋淋」，好讓他拍些非常恐怖的鏡頭。

雖然史匹柏在十六歲以前就自己拍了十幾部短片，其中有幾部還得了獎。但當他去申請長堤的電影學院時，卻接連三次都因高中成績太差而被拒於門外，而只能改讀英文系。但他無心學業，繼續自己喜歡的電影工作，在二十一歲時獲得環球製片的七年合約，即正式進入電影這一行。

李安和史匹柏的電影雖然都很好看，但兩人的導演之路卻迥然不同，挫折也不同。李安和父親的關係一直沉默而緊張，父親對他的遺憾總是多於鼓勵，而他自己也覺得難過、變得很壓抑。但「沒有壓抑，何來爆發？」讓李安嶄露頭角的家庭三部曲《推手》、《喜宴》、《飲食男女》，多少就是在處理他和父親的關係，如果當初他們父子關係開朗溫煦，那還會有今天的李安和他的電影嗎？

史匹柏走的是不一樣的路。父母失和（後來離異）一直是他成長過程中最大的痛，他除了藉進入想像世界來求得解脫外，後來的作品更是在表達「創造一個我嚮往已久的和樂家庭」的想望。

看一個人拍出什麼樣的電影，就可以知道他是怎麼樣的人。凡走過的必留下痕跡，但願你在喜歡李安和史匹柏的電影之餘，更能多多了解他們的成長和心路歷程，做為自己的借鏡。

W上

好學校還是好家教？

M：

「去美國讀書是決定我一生命運的一件事情。如果小時候不去美國的話，我現在也不會很失敗，但是一定不會有今天這樣的成功。」

說這句話的是李開復。二〇一三年，他獲選為《時代》雜誌全球最具影響力的百大人物。在此之前，他已先後擔任過蘋果、微軟、谷歌等公司的副總裁，並負責後兩家公司在中國大陸的營運；後來更自己創辦了「創新工場」，有青年及創業導師之譽。而這一切都要回溯到一九七二年，當他年僅十一歲時，就從台灣遠渡重洋到美國接受教育（從初中到博士）。

的確，出國留學改變了很多人的人生，但你也不必為沒有機會出國留學而喪神敗志。李開復後來在〈留學帶給我的十件禮物〉這篇文章裡，說美國教育給他自信、信任、無私、實踐、發現興趣、平等、多元、研究精神等，但他也強調這「不是說不到美國就不可以得到這些東西，也不是說到了美國一定可以得到這些東西」。其實，美國的教育也有一大堆問題，我們就換個角度，改來看看蘋果電腦創辦人史帝夫．賈伯斯（Steve Jobs）的經驗。

賈伯斯是土生土長的美國人，但對他所受的教育卻沒有什麼好感。上小學沒多久，就因為和老師關係不好，而覺得「我自然發展出的好奇心，幾乎被削減殆盡」。在讀中學時，又因為學校頻傳暴力事件，讓他日子過得十分痛苦。

至於大學，賈伯斯原本是不想念大學的，但因為養父在領養時答應他的生母要讓他念大學，所以堅持要他去念，而且念的是學費非常昂貴的里德學院（幾乎花掉他養父母一生的積蓄）。但賈伯斯讀了半年，看不出有什麼意義，就決定退學，而只去旁聽幾門課。一年多後就到一家電玩公司上班。

教育環境固然重要，但你會遇到什麼老師和同學根本難以掌握，我想更具關鍵性的反而是父母的家教。譬如李開復的母親規定，兒子每個禮拜一定要用中文寫一封家書回家，而她總會一字一字地看，幫兒子找出錯別字，並在回信中羅列出來，希望兒子改正。這樣的習慣不僅能深化親子關係，培養做事認真的態度，也讓李開復在接受西方教育時能不忘本，繼續加強他的中文說寫能力，這跟他後來能成為微軟與谷歌的中國代表，並透過筆鋒帶有感情的文章成為中國青年的導師，可說密切相關。

賈伯斯的養父則是手藝非常靈巧，不只從小就教導賈伯斯如何自己動手去設計、完成各種小玩意，而且告訴他：「把櫃子和柵欄的背面製作好也十分重要，雖然這些地方人們通常看不到。」就是在養父的這種薰陶下，賈伯斯很早就養成「把東西做到完美」的習慣，而它也再現於後來蘋果公司的系列產品裡，並成為成功的要素。

希望在好學校、到國外去接受更好的教育乃人之常情，但這也不是人人都辦得到的。其實，比是否出國留學、讀什麼學校、念什麼科系更基本、也更重要的是做事的態度——不管將來從事什麼行業都需要的正面的工作態度。而它，主要來自父母的薰陶，這才是父母能給你的最寶貴的東西。

W上

南轅北轍．殊途同歸

M：

很多到宜蘭參觀過蘭陽博物館的遊客，都會好奇：「到底是誰設計、建造了這樣一座別開生面的博物館？」他不是別人，正是第二位獲得國家文藝獎的建築師姚仁喜。

姚仁喜青少年時代最讓人刮目相看的一件事是：建中畢業的他，聯考分數可以進台大電機系，但他卻選擇了東海大學建築系。會做這種選擇，除了個人興趣外，更關鍵的也許是父母給他充分的自由，並尊重他的選擇。他說：「從小，父母親就不會控制我們要做什麼不做什麼。」

父母都喜歡閱讀，每周固定會由行動書店送七、八本日文雜誌到家裡來，姚仁喜從小就每天翻閱這些雜誌，雖然看不懂文字，但那些圖像卻成了他最好的文化刺激與藝術薰陶。又因為他罹患氣喘病，經常無法到學校去，而待在家裡由母親親自教導，和母親一起在家裡看漫畫書、故事書，結果反而學到更多。

母親花很多心血在他身上，對他的照顧更是無微不至。在讀大學時，嚮往美國嬉皮的他，寫信給媽媽，說他想要一個嬉皮袋，長長的、墜流蘇的，他媽媽什麼也沒問，立刻做了一個寄給他。姚仁喜後來說，就是母親這種貼心的關愛與完全的信任，培養了他的自信心，讓他日後能自在無礙地發揮所長，不怕犯錯，又懂得凡事要自己負責。

位於台中近郊的亞洲大學的現代美術館，是姚仁喜和日本建築大師安藤忠雄合作的作品。兩人雖然同為建築名家，也因合作而惺惺相惜，但他們的成長之路卻截然不同。

安藤出生後就被過繼到外公家，外公在他上小學不久就過世，而由外婆一手拉拔長大。靠賣雜貨維生的外婆工作忙碌，根本無暇管教小孩，生性好動的安藤小時候喜歡和人吵架、打架，外婆處理的方式是在趕到現場後，二話不說，用一桶冷水潑到他身上，要他冷靜下來。

個性獨立又堅強的外婆不嘮叨，也不在意他的學校成績，但卻要求他好漢做事好漢擔，不要給人添麻煩。安藤說他少年時代有一次要動扁桃腺手術，心中惶恐不安，但外婆卻視若無睹地說：「自己走路去吧！」他只能懷著「悲壯決心」獨自到醫院去。但安藤說，這類經驗卻為他往後的人生帶來莫大的助益。

他對建築的興趣來自國中時代，但因沒錢、成績又差，根本無法上大學，而只能一邊工作、一邊買建築專業的書來自學，把大學建築系學生花四年修完的課程，在一年內廢寢忘食地將它們讀完，然後在二十二歲時，為自己安排了一人畢業旅行，環遊日本，對各地建築做了一趟巡禮。二十四歲時，更用僅存的一點錢去歐洲觀摩……，如此這般，他才慢慢嶄露頭角，成了建築名家。

要如何成為一個成功又快樂的建築師？興趣與能力很重要，自信很關鍵，家庭教育更是布局的先機，但你能從家長那裡得到什麼幫助？姚仁喜和安藤忠雄告訴我們的是兩個截然不同的故事。所謂「條條大路通羅馬」，不同的典範，讓你看到更多的可能性。

W上

玉不琢，不成器

M：

如果要人在成為頑石或鑽石之間做一選擇，那誰不想成為一顆鑽石呢？但「沒有壓力，就沒有鑽石」。想要成為閃亮的鑽石，不僅需要琢磨，更需要先承受壓力，特別是來自父母的壓力。

二〇一一年，年僅二十二歲的曾雅妮拿到澳洲高爾夫名人賽冠軍，不僅成為世界排名第一的女子高球好手，而且擁有五座大滿貫賽冠軍，打破前世界球王老虎．伍茲（Tiger Woods）二十四歲時的紀錄。這兩顆「鑽石」都是壓力下的產物。

曾雅妮的家境不錯，父母都喜歡打高爾夫，她耳濡目染，五歲時就表露出對高爾夫的自發性興趣，父母於是訂製了一支小球桿給她，教她怎麼打球。六歲時就參加生平第一場高爾夫比賽，令人刮目相看。但關鍵在於經商有成的曾爸爸決定把女兒「當企業去經營管理」：

八歲時就為她請一位教練，每天到練習場練兩小時，周末再到球場打九洞、十八洞。十二歲開始，每年暑假都出國參加比賽、培訓，後來更在體能、揮桿、心理三方面都各請教練分別調教。曾爸爸對女兒的投資毫不手軟，但要求也絕不心軟，當曾雅妮打不好或態度散漫時，他就會逼問她，甚至責罵她，給她壓力。對此，曾爸爸自有邏輯：「要給她壓力，壓力就是把她心臟養大的方法。」

也許是壓力不小，正值叛逆期的曾雅妮，開始和爸爸頂嘴，十三歲時更沉迷於撞球間，拒絕再打高爾夫。幸好賴教練出面，好言開導，動之以情，才讓她回心轉意。其實，曾爸爸在日常生活上對女兒頗為貼心，譬如會親自下廚，煮女兒喜歡吃的蒜苗炒回鍋肉；還費心製作少油愛心料理，幫女兒減肥。就在這種軟硬兼施下，曾雅妮終於能微笑面對壓力，把它當作一種享受。

就高球經驗來說，老虎．伍茲比曾雅妮更早開竅，不到兩歲就被同樣是高爾夫球愛好者的父親帶到練球場練習，很快表現出他在這方面的天賦，八歲時即榮獲九至十歲少年組的世界冠軍，被譽為天才兒童。

身為混血黑人，伍茲爸爸的經濟並不寬裕，兒子主要都由他親自調教。所謂「球場如戰場」，除了球技外，從越戰退伍下來的伍茲爸爸特別以自身經驗訓練兒子如何在緊張的氣氛中保持臨危不亂、處變不驚的本事。

他對兒子的要求也相當嚴格，在訓練過程中經常捧桿訓斥，後來還自我調侃說：「我把兒子氣得想殺了我。」但就在兒子快要爆發時，他也會立刻變得柔軟。當然，這一切都是愛之深責之切，直到有一天，兒子跟他一樣微笑以對，不再抵制時，伍茲爸爸才鬆了一口氣說：「兒子，訓練結束了。我敢保證，沒有人會比你的意志更堅強了。」也因此，「泰山崩於前而色不變，麋鹿興於左而目不瞬」就成了老虎．伍茲在球場上的看家本領，更是他致勝的關鍵。

曾雅妮和老虎．伍茲都是先展露對高爾夫的自發性興趣後，父親才隨興引導、因材施教的。但為什麼要給兒女那麼大的壓力呢？曾爸爸說：「你要比別人好，當然要比別人辛苦。」但萬一吃了苦，卻夢想落空呢？伍茲爸爸說：「我的目標是在培養老虎成為一個傑出的人。」其實，經過這樣的磨鍊，即使不打高爾夫，在其他領域也都能有不凡的表現。

如果你想成為鑽石，那對父母給你的壓力，你不僅不能抱怨，還要感謝。

W上

兩首歌的弦外之音

M：

也許你聽過一首歌，叫〈聽媽媽的話〉，裡面有一段歌詞：「長大後我開始明白，為什麼我跑得比別人快？飛得比別人高？……媽媽的辛苦不讓你看見，溫暖的食譜在她心裡面。有空就多多握握她的手，把手牽著一起夢遊。」

歌是音樂才子周杰倫的創作，也是他個人的真誠告白。他藉這首歌來表達他對母親葉惠美的感謝和深愛，而葉惠美在初聽這首歌時，也忍不住潸然淚下。

母子情深，但周杰倫對母親的感念似乎特別深。他不僅是獨子，而且在十四歲時，父母即因感情不和而離婚，當同儕還在享受家庭的溫暖，開始為自己的人生編織夢想時，他就發出：「爸爸媽媽彼此沒有愛，難道這就是生命的真諦？」的感嘆。

這使得原本活潑、開朗的他變得孤僻、怯懦，不愛講話，也不願跟人交往。媽媽和外婆成了他在孤獨無助中僅存的避風港與支柱。而媽媽看到他表現出對音樂的愛好與天分後，更是省吃儉用，讓他去參加山葉幼兒音樂班，買鋼琴、買提琴都毫不吝惜。

在國高中時代，除了音樂外，周杰倫的其他學科成績都不好，但媽媽認為這不是兒子笨，而是父母離婚讓他受到傷害，無心向學，她只能以更多的愛去彌補，所以她要求自己對兒子要做到「三不主義」：不嘮叨、不指責、不脅迫。

年輕時代的周杰倫內向靦腆，不擅長與外人溝通，媽媽不想讓他的音樂才華被埋沒，就主動替他報名參加《超猛新人王》的電視節目，更拿他創作的〈夢有翅膀〉歌曲去向吳宗憲毛遂自薦……，媽媽成了他最好的公關。而周杰倫對此也是點滴在心頭，所以一直說：「只要媽媽高興，我願意為她付出一切！」

還有一首歌，叫〈爸爸別說教〉，裡面有一段歌詞：「爸爸我知道你聽了會不爽，因為你一直把我當成長不大的小女孩。但你現在應該知道，我已經不再是個孩子。你總是教我是非對錯……我可能還太年輕，但我知道我在說什麼。」

唱這首歌的是搖滾女王瑪丹娜，她藉這首歌來表達她對父親的不滿和叛逆。成名後的瑪丹娜給人的感覺是驚世駭俗、離經叛道，其實，她小時候非常乖巧，母親在她五歲時過世，小小的心靈受到很大的打擊，失去母愛的她，從小就渴望能得到父親更多的關愛。

身為長女的瑪丹娜不只幫父親操勞家務，在校成績更是每科都拿A，父親也因此特別疼愛、讚美她。但好景不長，過沒幾年父親再婚了，新媽媽就像闖入家裡的「巫婆」，而她也開始對父親感到不滿和憤怒，而變得日漸叛逆，只能藉學舞蹈來發洩她的情緒，還因為行為乖張，在中學時代就贏得「婊子」的外號。她後來的離家出走，獨自到紐約闖蕩，都與此有關。

音樂，是周杰倫和瑪丹娜用來撫慰與抒發情緒的媒介，兩首歌的內容雖然大不相同，但如果我們知道了兩個人的成長歷程，就能了解不管是對媽媽的感恩或是對爸爸的抱怨，其實都是在表達對美滿家庭、溫馨親情的嚮往（原本對爸爸充滿敵意和抱怨的瑪丹娜，在自己有了小孩後，也和她爸爸和解了）。

不管個人的際遇如何，大家遲早會醒悟，美滿的家庭與溫馨的親情才是人間最可貴的。可嘆的是，多數人卻人在福中不知福，不懂得珍惜。

W上

從對立中產生和諧

M：

每個人都有矛盾和衝突，有些人的矛盾和衝突似乎特別多，但如果能將它們整合成為一種更高的和諧，那就能散發出獨特的魅力。

影星金城武，就具有這樣的魅力。他出生於台北萬華，父親是第一個將養鰻技術引進台灣的日本人，母親是台灣人。父親在台灣和日本間來來去去，金城武小時候主要和媽媽、外婆生活在一起。

雖然會說一口流利的台語，但鄰居還是認為他是日本人；而在上日僑學校後，那些日本同學又說他是台灣人；後來轉讀美國學校，身分又變得更加複雜。不管鄰居或同學，都不把他當「自己人」，這種認同混淆讓他覺得很苦惱。

除了靠打球來發洩精力和苦悶外，家人是他最大的支柱。父親雖然經常不在家，但一回來就會帶全家人出去玩，而且也給他做人做事方面的指導，長大後更將他當朋友看待，讓金城武一直認為爸爸是「世界上最帥的人」。

更貼心的則是母親。母親不只把孩子、家庭放在首位，篤信佛教的她更經常帶著小金城武去拜佛。與媽媽一起禮佛的童年經驗，不只讓他的心靈獲得寧靜，也跟他日後到印度朝聖、皈依密宗，對影藝工作淡泊處之的態度密切相關。

但也許就是這種特殊的成長經驗，造就了日後的金城武。外僑學校使他比別人更早具有國際觀，能說台、國、日、英、粵多種語言；雖然曾因認同混淆而變得比較內向、喜歡思考，但國際學校的自由開放，又使他不愛受管束、不太在意他人看法；金城武巧妙地結合這兩者，形成他獨特的風格與魅力。

美國前總統歐巴馬（Barack Obama）的身世更為複雜：父親是從肯亞來美國讀書的黑人，母親是美國中西部的白人，在他兩歲時，父母離異，母親又嫁給一位來自印尼的留學生。六歲時，隨母親和繼父到印尼生活了四年，然後被母親送回夏威夷，受外公外婆照顧。在檀香山就讀一所只有三名黑人學生的私立學校。

歐巴馬的種族矛盾比金城武要嚴重得多，他的迷惘與痛苦也更為劇烈，他在自傳中坦承在中學時代，為了想將「我是誰」這個惱人的問題擠出大腦，曾藉吸食大麻和嗑藥來麻醉自己。

母親無疑是影響他最深的人。在印尼生活時，她就教導小小的歐巴馬要有兩種認同：一是要效法他的生父，「你的父親是個了不起的肯亞黑人，他回到自己的土地，為族人而奮鬥」。一是要認同美國文化，雖然沒有錢供他讀多數外國小孩上的國際學校，但一個星期有五天，她會在清晨四點鐘就叫他起床，利用美國的函授課程教他英文和認識美國文化，然後再去上學。

雖然在中學時代難免迷惘與痛苦，但歐巴馬最後還是靠母親的教誨與提醒，穿越荊棘與迷霧，化阻力為助力，走出一條光明大道。他的成功就像他在第一次競選美國總統時喊出的口號：「重新聯合分裂的美國社會。」他消弭自己身上看似彼此衝突、矛盾的成分，將黑人與美國文化融合成一個更高的和諧體。

而金城武豈非亦是如此？其實，每個人身上多多少少都有一些矛盾、衝突，庸人為此感到迷惘，但聰明人卻能將原先的危疑轉化成他人難以擁有的機會，就像亞里斯多德（Aristotle）所說：「用對立的東西製造和諧。」

W上

火集——下馬飲君酒

讓太陽明日依舊上升

M：

你說，昨夜你的情緒又陷入低潮，退潮後的心海裸露出那底層的雜草和汙泥。一些被你活埋下去的往事又都從墳墓中一一甦醒過來，它們讓你想起自己曾經有過的幼稚、愚昧、不幸、失望與痛苦。

在哀傷與追悔中，你說你的未來就像眼前那淒涼的夜色，都被抹上一層黯淡的色彩，而讓你萬念俱灰。

對你的苦悶，我有太多同情的了解，因為我也曾經像你這樣哀傷與追悔過，但我希望你不要那麼落寞地走進淒涼的夜色中。每個人都有情緒陷入低潮的時候，也許是一次考試的失利、某個人冷漠的眼色、在寒風中顫抖的落葉、自己頭上冒出來的一根白髮，甚至莫名其妙地，我們的心靈就會突然被一股黑暗的力量所占領，而感到沮喪，將一切負面的情緒都指向自己，覺得自己的人生失去了意義，一切的努力都只是徒勞。

你可以說這是「憂鬱」，但我覺得它更像「精神感冒」。

美國總統林肯（Abraham Lincoln）是個意志堅強的人，但從年輕時代起，情緒即經常陷入低潮，而不敢像當時的年輕人般隨身攜帶小刀，因為擔心自己一時想不開，而以小刀自戕。英國首相邱吉爾（Winston Churchill）是個樂觀的人，但他說他的心中有「一隻黑狗」，經常冒出來咬齧著他，而使他忽然滿懷愁緒，覺得一切失去了意義。在到非洲從事醫療傳道的史懷哲，他那堅強、樂觀的意志也曾經「傷風」過，而感嘆：「來到這野蠻人的地方，我是多麼愚蠢啊！」

即使再樂觀、再堅強的人，也都有情緒低落、意志傷風、精神感冒的時候。它沒有什麼特效藥，通常幾天就會「自行復原」。而年輕，其實就是治療「精神感冒」最好的「傷風克」。

《卡拉馬助夫兄弟們》（*The Brothers Karamazov*）中的伊凡，是個虛無主義者。但他說：「即使我不信生命，即使我對心愛的女人失望，即使我遭遇了人類失望的一切恐怖的打擊，我到底還願意生活。既然俯伏在這個酒杯上面，在沒有完全將它飲盡以前，是不願意離開的。在三十歲以前，我深信我的青春將戰勝一切。」

在落寞地走進淒涼的夜色中後，你應該有這樣的體認。淒涼與苦悶只是暫時的，它們甚至只是青春的一種調劑。

海明威（Ernest Hemingway）的第一本小說集，原被出版商命名為《失落的一代》（*Lost Generation*），但海明威不喜歡，又將它改為《太陽依舊上升》（*The Sun Also Rises*）。因為「失落」代表生命力的受挫，年輕的海明威認為即使有「失落」，那也是暫時性的，他堅信經過一夜的休養，生命便又會如太陽般升起，照耀大地，融化夜裡的煩惱、痛苦和悲悵。

青春，是生命的旭日。每個年輕人的心中都有一顆太陽，你應該用它來溫暖你的心靈，照耀你的天地。就像歌德（Johann Wolfgang von Göethe）所說：「陽光照射之處，連髒東西也會閃閃發光。」好好睡個覺，讓你心中的太陽在明日依舊上升，融化你心中的黑狗，照耀你眼前的大地吧！

W上

從黑暗中看到光明

M：

雖然我們的意志難免傷風，精神也時而感冒。但如果你能增加自己的抵抗力，則不僅可以避免併發更難纏的「精神肺炎」，而且可以減少這種「精神感冒」侵襲的次數。如何增加對「精神感冒」的抵抗力？方法也許有千百種，但首先，你應該調整自己觀看問題的角度和心態。

小說家狄更斯在《雙城記》（*A Tale of Two Cities*）裡說：「這是一個黑暗的時代，但也是一個光明的時代。」黑暗與光明正是宇宙和人生的「雙城」，一體的兩面。我的意思不是勸你多看光明面，少看黑暗面；而是我們必須了解，黑暗與光明是「摺疊」在一起，無盡纏連的，關鍵在於你要從哪個點切入，去「拆開」它們。是從「光明中看到黑暗」呢？還是從「黑暗中看到光明」？

有一個故事說：某家鞋廠想開拓市場，派兩名業務員到某個落後地區考察，甲業務員回來，悲觀地說：「那裡沒有市場，因為當地人都不穿鞋子。」但乙業務員卻樂觀地說：「那裡有很大的市場，因為當地人都還沒有穿鞋子。」

兩名業務員面對的其實是同樣的情境，但不同的觀察角度卻可以讓人產生截然不同的結論和心情。

李遠哲在衣錦還鄉後，和國內的年輕學子座談，有人問他覺得台灣教育的優點和缺點是什麼？李遠哲回答說：「優點和缺點往往是事情的兩面。」他舉了兩個例子：

在師資方面，如果老師教不好，無法解答你的疑問，這當然是「缺點」；但如果因為老師教不好，而能促使你自己好好努力，或和同學一起研討的話，這就變成「優點」了。我在前面已提過，他當年在台大念書時，就因為師資欠佳，而自行利用暑假和晚上的時間，分別和化學系及物理系的學長一起研讀熱力學和原子物理學，輪流講解、相互討論，結果反而讓他獲益良多。

在設備方面，儀器和設備不如人，當然也是「缺點」，但如果能因此而自己動手準備，那也會變成「優點」。李遠哲說，他在清華大學念研究所時，儀器和設備都相當簡陋，連真空玻璃塞都沒有，必須自己到玻璃工廠「磨呀磨的」，為了準備器材，花了很多時間，吃了很多苦。但他說這反而是很好的訓練，後來他到美國做研究工作，很多教授誇獎他「不怕吃苦」，不怕苦的原因是他在台灣已吃了更多的苦，美國人講的苦，其實一點也不苦。

古今中外，能成就大事業者，大抵都是能從黑暗中看到光明，從缺點中看到優點，從不幸中看到歡樂，從無望中看到希望的人。樂觀者在每個災難中看到機會，而悲觀者則在每個機會裡看到災難；一個人的樂觀或悲觀並非天生，它們主要來自學習，甚至是一種選擇。

當你情緒陷入低潮的時候，如果能學習、選擇從樂觀的角度來看自己和周遭的一切，那不僅心情會好一點，而且能重燃希望。

W上

玫瑰與刺

M：

記得有一位詩人說：「世人常因玫瑰多刺，而抱怨上蒼；卻少有人因刺上長有玫瑰，而感謝造物主。」玫瑰與刺，就像黑暗與光明、美滿與不幸、優點和缺點，原是一體的，你是要「怨」還是要「謝」，要「悲」還是要「欣」，端視你怎麼看。

從某個角度來看，出身於貧寒的家庭，似乎是天大的不幸。而的確也有不少人抱怨，如果他們不是家境清寒，在成長過程中，缺少中上家庭子弟的有利條件，輸在起跑點，那他們就會有比今天更好的成就。

但有些人卻不這麼認為。譬如舞蹈家鄧肯雖出身貧寒，但她卻說：「我童年的時候，母親很窮，我覺得這對我來說是一種好運。因為她雇不起保母或佣人，而使我的童年能過著自由自在的生活。」

她年紀輕輕，就和姊姊在舊金山教舞維生，也因此經常出入於有錢人的家庭，但她說：「我對那些人家的小孩，一點都不嫉妒，反而只有同情。我覺得他們的生活狹隘刻板，我和他們比起來，有著人生各方面有價值的閱歷，比他們要富有千百倍。」

美國的鋼鐵大王卡內基（Andrew Carnegie）亦是貧寒出身，在他小時候，「家裡每周六都會收集、統計全家的收入，然後再決定怎麼花用。賺到的每一塊美金，都要用在全家人的血和肉上」。他小小年紀，就為了全家人的血和肉出外工作。

在成為億萬富翁後，他說：「貧寒子弟和富家子弟相較，老天爺賜給貧寒子弟的是無價之寶。」所謂「無價之寶」就是因貧困而養成的勤勉和刻苦耐勞的精神，它是多少錢都買不到的，但卻是一個人成功的重要關鍵。

《唐吉訶德》（*Don Quixote*）是西班牙作家塞萬提斯（Miguel de Cervantes）的代表作，但這部膾炙人口的夢幻英雄小說卻是他在被囚禁於馬德里監獄中完成的。在監獄裡，塞萬提斯心情鬱悶，只好寄情於寫作，打發時間。但處境窘困的他，後來連買紙的錢都沒有，而不得不以町革權充稿紙。

當時，有好心人士勸一位富有的西班牙人接濟塞萬提斯，但這位富翁卻意味深長地說：「上帝不允許我去接濟他的生活，因為只有讓他處於貧困之中，才能使世界變得豐富。」

貧困是「刺」，各式各樣的逆境都是「刺」，有人認為這些「刺」是造成自己不幸與痛苦的根源，而心生怨懟；但有人卻歡迎、珍惜這些「刺」，因為他們知道，唯有從這些「刺」出發，他們才能邁向「玫瑰」之路。

這不是唐吉訶德式的夢幻，而是一種積極、健康的生命態度。人生多荊棘，就像玫瑰多刺，我們不僅要學習從刺上看到玫瑰，而感謝造物主；更要從刺出發，走出荊棘，邁向玫瑰之路。

W上

失敗者的覺醒

M：

何必為一次小小的失敗而沮喪？失敗並不可怕，可怕的是因失敗而喪志，無法從失敗中記取教訓，那就會導致再次的失敗、永遠的失敗。

王贛駿是第一個登上太空的華人——一九八五年搭乘「挑戰者」號太空梭，在太空進行物理實驗，那是他生命中最光輝燦爛的一刻。但他卻有過一次慘痛的失敗經驗——在台灣念師大附中時，因為心浮氣躁再加上貪玩，在大學聯考時居然慘遭滑鐵盧，榜上無名。

雖然父親並未責備他，反而要他繼承船公司的衣缽，上船工作。但王贛駿說，名落孫山讓他產生了「失敗者的覺醒」——痛心檢討自己，花很多心思去想如何扳回頹勢，最後「終於認定，沒考上大學，也必須向自己證明，我有讀大學的能力」。他暫時接受父親的安排，到船公司做事，在香港買了一本原文的大學微積分，船靠洛杉磯時，又買了一本大學基礎物理，「我要證明我也念得來」，他每天花八個小時查英文單字，苦讀這兩本書。

雖然說不上懸梁刺股，但「失敗者的覺醒」使他意志堅定，全靠自修讀完這兩本教科書，做完書中所有的習題。一年後，他申請進入加州大學洛杉磯分校主修物理，因為那一年的自修苦讀，使他的數理成績不但不落人後，反而名列前茅，讀完第一學期就拿到全額獎學金。離開加大後，他進入太空總署噴氣推進實驗室工作，終於成為第一個登上太空的華人。

塞翁失馬，焉知非福？重要的是，你必須有這種「失敗者的覺醒」。

有時候，「跌倒了再爬起來」比「沒有跌倒」更值得珍惜，也更令人懷念。旅日棒球名將王貞治，在二十二年的棒球生涯中，共擊出八百六十八支全壘打。在這麼多全壘打中，他說他最懷念、印象最深刻的是一九七〇年在長期的打擊不振後，讓他一掃陰霾的那支全壘打。「那是我八百六十八支全壘打中唯一令我欣然落淚的一支，沾滿我喜悅淚水的全壘打！」

一九七〇年球季的後半期，王貞治一再出場，一再被三振或接殺。他掉進難以自拔的挫折深淵裡。為了重新站起來，他在隨身攜帶的筆記簿裡提出檢討：「你是日本最好的選手吧！可是你的行事與別人一樣，怎能算是最好的呢？你想有不必拿出證明的最佳球員嗎？」於是他決定更勤奮地練習。

九月十五日這一天，在甲子園對抗阪神隊，他出場三次還是都被三振，但到第四次出場，在兩個好球沒打中後，面對投手投出來的一個好球，他使勁揮棒，終於聽到久違而悅耳的「鏘」的一聲，他擊出了讓巨人隊反敗為勝、三分打點的全壘打！努力沒有白費，他邊跑壘邊流下喜悅的淚水。

幾乎每個成功的人，都曾經失敗過。所謂「如何邁向成功之路」，有一大半其實是「如何面對失敗之道」。

沒有挫折的人生，就像沒有波浪的海洋，缺乏挑戰性，難以給人乘風破浪的刺激和成就感。既然挫折不能免，那就應該以積極的態度來面對它，讓失敗產生覺醒，從什麼地方跌倒，就從什麼地方爬起來，即使沒有當場流下欣喜的淚水，有一天，你回顧來時路，也將發現那是最值得珍惜與懷念的經驗。

W上

在改變與接納之間

M：

成長意味著改變，而自我追尋也是想讓自己能跟現在不一樣。你說你很想改變，但卻發現很多事情根本難以改變，結果反而產生更大的挫折感。

有一篇基督教的祈禱文說：「主啊！請賜我以勇氣，去改變我能夠改變的事情；請賜我以寧靜，去接受我不能改變的事情；請賜我以智慧，去認識這兩者的差異。」

有些事是可以改變的，譬如你的將來，你應該以勇氣和希望去創造它；有些事是不可改變的，譬如你的過去，那你就應該心平氣和地接納它。不少人一再追悔他的過去，說什麼「如果人生能夠重來一遍，那我就將如何如何」，但人生根本不可能重來，這樣說只是徒增懊惱而已。

我們必須有智慧去區分什麼是可以改變的，什麼是不可以改變的。譬如你的身高，在你成年後，它就不可改變；但你對你身高的看法卻可以改變，有的人因身材矮小而自卑，有的人卻一點也不在意，就像愛爾娜．羅斯福（Eleanor Roosevelt）所說：「除非你自己願意，否則沒有人能讓你自卑。」

有的人為自己身材高大而洋洋得意，林肯是身材高大的人（身高一九〇公分），有人問他：「一個人的腿要多長比較好？」林肯卻回答說：「以能碰到地面最為理想。」

人生在世，重要的是要做個「腳踏實地」的人。對於自己在身體方面某些不如人的「缺陷」，我們應該心平氣和地接納它們，不必太在意，更不要刻意地去掩飾或否認。因為你愈在意、愈掩飾、愈否認、愈擔心別人注意你的缺陷，就愈會陷入難以自拔的自卑與痛苦深淵，就好像失眠的人，愈想「趕快入睡」，結果就愈「睡不著」。

當然，我的意思不是說，一個人因自己在某些方面不如人而感到自卑是「不對」的，而是我們不能只停留在自卑、自怨、自憐、自恨、自棄之中，而必須有所「超越」。

對可以改變的缺陷，要想辦法去克服它。像原來口吃的德謨斯特尼斯（Demosthenes），憑著自己的意志和努力，後來成為一個偉大的雄辯家。對不可改變的缺陷，則要發揮其他方面的長處來「彌補」它，譬如英國的史帝芬．霍金（Stephen Hawking）是個罹患肌肉萎縮性側索硬化的重度殘障者，需整天與輪椅為伍，但他發揮他在智力方面的長處，而成為一個傑出的理論物理學家，是當今有關「宇宙黑洞」理論的權威。

霍金說：「我無法欣賞為殘障者所舉辦的奧林匹克運動會。理由很簡單，因為我從未喜歡過任何運動。」他自在地接納他無法改變的缺陷，不去做沒有多大意義的掩飾和否定。更不會為了想「證明跟正常人一樣」，而花很多時間和心力去「征服高山」，他寧可做自己喜歡與擅長的事。

沒有一個人是十全十美的，你應該安詳地接納自己無法改變的「不完美」部分，這樣，你才能擁有一個「完整的自我」。

更重要的是，如果連你都不願意接納自己，那你怎能希望別人接納你呢？

W上

蝦蟆的油

M：

日本知名導演黑澤明的自傳用了一個奇怪的書名：《蝦蟆的油》（蝦蟇の油——自伝のようなもの）。它來自日本的一則民間傳說：

從前，有一位醫生，抓到一隻蝦蟆。尋常蝦蟆已經夠醜陋了，但這隻蝦蟆卻比所有蝦蟆都更醜陋，因為牠長有四隻前腳、六隻後腳。醫生將蝦蟆裝進一個玻璃箱內，蝦蟆從有如鏡面的玻璃中，第一次看到自己醜陋的形象，嚇得擠出一身油來。醫生收取這些油，用來治療病人的燒燙割傷，據說具有奇效。

黑澤明大概是認為他在回顧自己的一生時，就像傳說中的蝦蟆，看到不少自覺醜陋、驚悚、不堪的經歷，而全身「冒汗」，但他既不掩飾，也不迴避，他希望他的人生能像「蝦蟆的油」一般，醫治讀者「心靈的傷痛」。

黑澤明在十二歲時，日本發生慘絕人寰的關東大地震。他們一家人雖然倖免於難，但他每天都活在恐懼之中。有一天，他哥哥拉著他到廢墟中去「遠足」。沿途的景象簡直如人間地獄，讓黑澤明怵目驚心，在看到漂流在河上的成堆屍體時，他忍不住把眼睛移開，但他哥哥卻逼他「睜大你的眼睛仔細看清楚」！

黑澤明說，在無法迴避地目睹那些令他感到恐懼、噁心的景象後，很奇怪的，他心裡反而逐漸有一種「寧靜」的感覺，而當天晚上，也難得地有一個香甜的、不再做惡夢的睡眠。

他感到迷惑不解。哥哥告訴他：「面對可怕的事情時，把眼睛閉起來，才會覺得害怕。只要我們勇敢地面對它，仔細觀察，就沒有什麼好怕的了。」

沒有一個人是絕對安詳的，我們總是會有一些恐懼、憂慮的事。也沒有一個人是完美的，我們難免會做過一些讓自己感到難堪、羞愧或醜陋的事；只要它們一浮出心靈地表，我們就會覺得「不自在」，因此，多數人都對它們採取了「四不政策」：不想、不看、不聽、不談。但這只是在掩飾和迴避問題。

甘地在他的自傳裡，提到不少他年輕時代所做過的荒唐事，除了違背宗教戒律偷吃肉外，還包括偷吸菸、偷竊、嫖妓（和朋友去妓館，連帳都付了，但因太吃驚而逃離）等，以及結婚後（他十三歲就結婚）如何沉迷於肉欲，而疏忽了照顧病重父親的職責等等。

這些原都是讓人極感難堪、羞愧，而亟欲掩飾、否認的事，但甘地卻毫不迴避地正視它們，並因為這種正視而使他知所警惕，最後終於成為一個「最接近完美的人」。

對於各種讓我們感到恐懼、憂慮、難堪、羞愧、驚悚的事件，你若不敢面對它們，你的恐懼、憂慮、難堪、羞愧、驚悚就永遠不會消失，一再地壓抑，只是讓它們獲得更多的能量而已。但如果你能坦然地面對它們，雖然剛開始時會覺得不自在，甚至會驚嚇或難過得「擠出一身油」來，但這些油卻能醫治你生命的「燒燙割傷」，讓你重獲心靈的平靜，沒有負擔地重新出發。

W上

痛苦沒有特別的權利

M：

「人生不如意事十有八九。」這句話可能有些誇張，但即使人生是「苦多於樂」，我勸你還是不要強說愁，更不要自矜悲苦，說自己有多不幸、多可憐！

每當聽到或看到有人以誇張的方式表示他是「多麼地痛苦」時，就讓我想起德國小說家托瑪斯曼（Thomas Mann）所寫的《魔山》（*The Magic Mountain*）。在這部小說裡，托瑪斯曼別具慧眼，描述了人間的一個迷離景象：

在某個肺病療養院裡，病人不是根據他們的家世背景來劃分等級，而是依病情的嚴重性來決定地位。垂死的病人因所受的痛苦最深，就好像古時候的貴族，享有某些特權，受到其他病人的禮敬和醫護人員的重視；而病情輕微的病人，即使是來自高尚的家庭，但因所受的痛苦不多，在這裡的地位也就變得微不足道，乏人理睬。

有時候，一些症狀輕微的病人，為了克服自己的無價值感，獲得醫護人員及其他病友的重視和關愛，而不得不誇張病情，猛力撫胸咳嗽，以表示自己是「多麼地痛苦」、「多麼地可憐」。

這不是小說家的向壁虛構，而是托瑪斯曼在妻子因肺結核住院療養時，經常去探病的觀察所得。曾經在醫院工作過的人，多少也都能有所體會。在人生的旅途中，每個人都難免會遭遇各種打擊，而使身心蒙受痛苦，但如果一個人只能以他所受的痛苦來顯示他的「價值」或「意義」，那實在是雙重的悲哀。

有一則猶太人的神話說：每隔一段時間，當審判日來臨時，每個人都會被請到一棵巨大的「悲傷樹」下，將他一生所受的不幸與不公不義、災難和痛苦、各種讓他感到悲傷的事，寫於白布條，掛在枝椏上。

然後，每個人也被邀請環繞悲傷樹數圈，做個巡禮，看看別人掛在樹上的、讓他們感到痛苦難過的各種傷心事。當天，神祇特別恩准，在各種不幸和悲傷中，每個人都可以重新選擇自己覺得比較能夠忍受的幾種。

結果，據說每個人最後所選的還是自己有過的不幸和悲傷經驗。因為大家發現，每個人原來都有他們各自的悲傷和痛苦，既然悲傷與痛苦不可避免，那麼自己經歷過的悲傷與痛苦，總是較容易忍受。

每個人都有他的不幸和痛苦，不要以為你比別人更不幸、更痛苦；更不要以為你既然這樣不幸和痛苦，所以就有權利要賴、自暴自棄或要求別人善待、遷就你。痛苦的人，不僅如尼采所說「沒有悲觀的權利」，更「沒有特別的權利」，因為每個人都有他們各自的痛苦。

出生是一種痛苦，死亡是一種痛苦，成長是一種痛苦，失戀是一種痛苦，甚至熬夜準備考試也是一種痛苦。痛苦的確無所不在，但就像詩人所說：「世界必須陣痛，卑微的花兒始得開放。」生命的任何變動都隱含了痛苦，但除非你自認為是個「病人」，需要對方的同情，或把他當做能治療你的「醫師」，否則不必在人前喃喃訴說你是「多麼地痛苦」。

對於生命中的各種不幸、悲傷和痛苦，我們需要的是勇敢面對、平靜化解、愉快改變它們的能力。

W上

樂在工作：石匠、裁縫與上帝

M：

很多人都曾經渴望能夠從事偉大而高貴的工作，但到頭來，絕大多數所做的卻都只是卑微而無聊的工作。而你很可能就是其中之一，一想到這點，難免會讓人心灰意冷，覺得很沮喪。

有句俗語說：「職業無貴賤。」很多人認為它只是用來安慰弱勢者，不能當真。在一些客觀指標的衡量下，清潔工的確比醫師來得「卑微」；但同樣重要的是自己主觀的看法，某個清潔工可能比某一個醫師更「滿意」於自己的工作。

義大利的一位智者向我們說了下面這個故事：某天他在羅馬街頭漫步時，看到一座正在興建中的大教堂，有一群石匠在工地裡敲打石塊。這種工作既卑微、單調，又吃力。他走過去和他們攀談。

第一個石匠一臉沮喪地說：「我每天都在重複這種單調而又吃力的工作，看來是要幹一輩子，做到死為止了。」

第二個石匠露出淡淡的笑容說：「工作雖然辛苦了點，但幸好有這份工作能夠讓我養家活口，領了工錢回家，看到全家人衣食無憂，和樂融融，再怎麼辛苦也是值得的。」

第三位石匠一臉興奮地說：「工作既辛苦又單調沒錯，但一想到自己居然能夠參與建造這座宏偉大教堂的神聖任務，我就感到無比的榮幸。」

一份工作，你可以滿腹牢騷地做，也可以心花怒放地做。要怎麼做，全靠自己的心情。同樣是在敲打石塊，但因三個石匠賦予工作不同的意義，而使他們在工作時的心情截然不同。

沒有無趣的工作，只有無趣的人。沒有平凡而卑微的工作，只有平凡而卑微的觀點。你對工作抱持什麼樣的看法，比工作本身更加重要。所有的工作，不管看起來多麼卑微，都是在對他人、社會、國家和歷史做出貢獻，只要你能對自己的工作採取諸如此類的肯定看法，賦予它薪水之外的價值和意義，那你就能從中獲得成就感，而且工作得更愉快。

要如何看待你的工作，端視你自己。有個故事說：某人聽說有位裁縫的手藝不錯，於是去訂做兩條西裝褲，但卻等了一個月才拿到褲子。褲子雖然做得不錯，他還是忍不住向裁縫抱怨：「上帝只花了六天就創造了世界，你做兩條褲子卻花了一個月！」裁縫眉毛一揚，摸摸褲子，驕傲地說：「但是你瞧瞧，上帝所創造的世界亂成什麼樣子，怎麼能跟我做的褲子相比！」

不管你是做什麼的，每個工作者都有他的尊嚴與美德。上帝的尊嚴與美德是把世界安排好，裁縫的尊嚴與美德是把褲子做好。只要你認真做好自己分內的工作，那你就可以為此感到自豪，和裁縫一樣認為自己的工作不僅不遜於上帝，而且還做得比上帝好。

人活著，就是要工作。重要的不是你從事什麼工作，而是你要熱愛自己的工作，看重自己的工作，賦予工作特別的意義和尊嚴。生命的智慧、幸福的奧祕就在於如何以偉大而高貴的心情去從事看似平凡而卑微的工作。

W上

用歡笑擁抱你的命運吧！

M：

沒有人是十全十美的，每一個人多少都有一些毛病、缺陷或不足之處。當它們無法改變時，接納不失為明智之舉，但接納絕非無可奈何、不得已、消極的接納。前面提到美國的林肯總統，他長得非常高大，但並不以此為傲；另一方面，他長得很醜，卻也不以此為羞，而且還喜歡拿自己的醜臉來開玩笑。

必須經常拋頭露面的他，有一次，在對群眾演講時，說了下面這個笑話：某天，他在森林裡散步時，遇到一個老婦人。老婦人一看到他，就說：「你怎麼長得這麼醜？你是我見過最醜的人！」林肯無奈地說：「我這是身不由己呀！」但老婦人卻不以為然：「你這樣就錯了，至少你可以待在家裡不要出門呀！」大家聽了哄堂大笑。

還有一次，一位政治上的敵手公開批評他有「兩張臉」，暗諷他表裡不一。林肯回答說：「如果我有兩張臉，那我一定不會戴上這一張。」大家聽了，都不禁莞爾。他拿自己的容貌來自我調侃，輕鬆化解了政敵對他的惡意批評。

林肯可能是美國有史以來最醜的總統，但也可能是最偉大的總統。他不僅以輕鬆的態度來看待自己的醜臉，對嘲笑他醜的人也不會心存芥蒂。譬如有位史丹頓律師（Edwin Stanton），公開嘲笑林肯是隻「笨拙的長臂猿」；林肯當選總統後，史丹頓依然嘲笑他是「非洲大猩猩」，說他根本沒有能力管理政府，應該被推翻。但後來，林肯卻任命史丹頓為戰爭部長——因為他認為史丹頓是最恰當人選。史丹頓由是感激，盡力工作，變得非常尊敬林肯，而改稱他為「最完美的統治者」。

有些人因自己長得醜、矮或胖而自卑，很在意別人的看法；但愈在意就愈暴露自己的可憐相。一個堅強而又充滿信心的人，不僅能輕鬆面對自己的短處，而且還會搶先開自己的玩笑。因為他知道「嘲笑自己的人，別人不會嘲笑他」。

一九九八年，有位日本人出版他的自傳，七個月內就創下銷售三百八十萬本的超人氣紀錄，但作者既非當紅影歌星，亦非商業鉅子或政治人物，而是一個名叫乙武洋匡的重度殘障者。自傳的書名叫《五體不滿足》（五体不満足），因為他罹患原因不明的「先天性四肢切斷症」，一出生就沒手沒腳。在自傳裡，乙武洋匡用一種非常開朗、風趣的筆調描述他從出生、上幼稚園、小學、中學到早稻田大學的種種樂事，讓人讀後不是「為之鼻酸」，而是「拍案叫好」！

乙武洋匡的樂觀來自他母親，當母親在第一眼看到她生的嬰兒居然沒手沒腳時，脫口而出的一句話竟是：「好可愛啊！」這種以喜悅的心情來面對殘酷命運的做法，改變了乙武洋匡未來人生的命運。

母親覺得沒有必要把她「可愛」的孩子「藏起來」，她帶他到處走動，從幼稚園起就跟正常小孩讀一般學校，跟同學玩在一起，甚至還參加籃球隊。乙武洋匡說，「殘障」並非「缺陷」，而是「特徵」；有時候還能成為一種「專長」。他像他母親一樣，心懷感恩，熱愛他的命運，「奇妙的身體，是上天送給我最有創意的禮物。」

如果你認為命運殘酷無情，那麼戰勝它的最佳武器就是張開雙臂，發出開朗的笑聲，熱情擁抱它。

W上

是寂寞，不是孤獨

M：

你說你有時候孤獨得像一隻鼴鼠，而不得不逃離如黑洞般的斗室，遊走到台北東區熱鬧的街市與喧譁的人潮中，想分享一些歡樂，結果卻總是陷入更深的孤獨裡。

我能體會你這種心情和行為，但我想你經驗的主要是「寂寞」，而不是「孤獨」。我們有必要區分這兩者：「孤獨」是一種物理狀態，而「寂寞」則是一種心理狀態。很多動物是孤獨的，像你所說的鼴鼠，但並不會感到寂寞；不少嬰兒是孤獨的，但也不會覺得寂寞。只有具備「自我意識」，能意識到自己「存在」的生物，才會有寂寞的體驗。

孤獨只是「分離的個體」，而寂寞則是「意識的孤島」，意識缺乏投注的對象，無依無靠。令你痛苦的是寂寞，而不是孤獨。

我們的老祖宗說：「君子慎獨」，自古以來，孤獨一直被認為是讓人戒慎恐懼的曖昧狀態，但我想替孤獨說幾句話。人總是會有孤獨的時刻，但有些人雖然孤獨，卻並不寂寞。

陳子昂登幽州臺時，「前不見古人，後不見來者，念天地之悠悠，獨愴然而涕下」。這是他寂寞的心聲，因為他與周遭的一切缺乏存在的共享；隱居的莊子自覺「天地與我並生，萬物與我為一」。他雖然孤獨，但卻一點也不寂寞。

想逃離孤獨而一再地往缺乏存在共享的人群中跑，乃是因為意識的懶惰與執拗。並非只有「他人」才是我們意識的對象，唯有將焦渴的眼神從陌生的人群挪開，你才會發現天上的星辰、海中的魚、路邊的花草、桌上的書本，甚至實驗室裡的機器，無一不是亟待你去認識、了解與分享的對象。

就更積極的意義來說，孤獨，其實代表著「自由」，一種暫時從他人與社會習俗的束縛中解脫出來的自由。有些人不僅渴望有孤獨的時間和空間，甚至因孤獨而成就他們的偉大。孤獨對他們來說，乃是生命中最珍貴的時刻。在科學界，渥茲華斯說牛頓「永遠孤獨地航行在陌生的海洋中」，而愛因斯坦則坦承：「我是一匹獨轠的馬，我無法和其他馬拴在一起工作。」在藝術界，音樂家華格納（Richard Wagner）說：「與世隔絕和完全的孤獨是我唯一的慰藉和救贖。」而文學家歌德則說得更絕：「除非是絕對的孤獨，否則我根本無法寫任何東西。」

他們都孤獨而不寂寞，因為他們的意識有著熱情的投注對象。在無人打擾的孤獨中，他們心無旁騖地完成偉大的工作。

寂寞是被動的，它讓我們覺得無所歸屬，求人施捨而又受人屏棄；但孤獨卻可以是主動的，是我們認識另一世界，體驗另一種喜悅的契機。與其因恐懼孤獨而陷入寂寞的泥沼中，不如化被動為主動，積極地擁抱孤獨。

W上

山集——海內存知己

生命需要情感滋潤

M：

如果你覺得生命空虛，那可能有兩個原因：一是你的人生缺乏浪漫的理想，一是你的生命缺乏情感的滋潤。

蘇東坡說：「無肉令人瘦，無竹令人俗。」浪漫的理想就好像「竹」，沒有了它，會讓生命顯得庸俗；而感情的滋潤就好比「肉」，沒有了它，會讓生命乾枯。雖然表面上看起來，「竹」比「肉」要來得高雅，但要說生命的豐盈，「肉」比「竹」恐怕更來得重要。

孤獨雖然必要，但不管你是孤獨地思考、讀書、工作或傾聽自己，都無法讓你獲得情感的滋潤，因為情感的滋潤恆來自他人。我們只有和他人交流情感並彼此滋潤，才能真正免除「生之寂寞」。

存在主義哲學家雅斯培（Karl Jaspers）說：「我們只存在於與別人的交感裡。」人只有從他和他人所建立的情感關係中，才能看出自己存在的意義。如果一個人沒有親情、友情、愛情，和他人沒有任何情感的瓜葛，那他等於「不存在」。

物理學家泰勒（Edward Teller）曾說：「我不是氫彈之父，我是兩個孩子的父親。」正是這個意思。因為他不能和冷冰冰的氫彈「交感」，但卻能和他的兩個孩子有情感的交流，而使他的生命充滿溫暖。

要實現浪漫的理想，有賴你的聰明才智、意志和努力；但要獲得情感的滋潤，卻需要你對他人有同感心，有付出和接受關懷、親密與愛的能力。它們就像人腦的左右半球、鳥的雙翼，一個完整的自我追尋，應該同時包含這兩者。

情感的滋潤是相互的，絕非單向的灌輸或剝削，要與他人有真誠的情感交流，我們必須先調整對自己和他人的看法。就像弗萊曼（Maurice Friedman）所說：「我們都是人，就某種程度而言，那是由於我們互相禮貌地將對方看成人。」我們不能將別人涵攝在自我的功能裡，將對方視為只是自己實現自我的材料或工具。

如果不與他人發生關係，我們根本就不需要發現自我，但在發現自我的同時，我們亦須發現他人的自我。只有兩個自我彼此向對方開放，我們才能彼此滋潤，讓生命更充盈、更溫暖。

有一則寓言說，某人在另一個世界裡遇到了上帝，上帝決定帶他去參觀神國的領域。

他們先來到一個很大的房間，裡面有很多人圍坐在一個很大的鍋子四周，鍋子裡傳出陣陣的燉肉香，但每個人的表情卻都很沮喪，因為每個人手裡都拿著一根把柄很長的湯匙，從鍋裡舀出來的肉根本放不進自己的嘴裡，結果大家都愁眉苦臉。上帝對那個人說：「這就是地獄。」

然後，他們又來到另一個很大的房間，同樣有很多人圍坐在一個很大的燉肉鍋子邊，每個人手裡也都拿著一根長柄湯匙，但大家的臉上都露出快樂的笑容，顯得十分滿足。因為每個人將自己舀出來的肉送到對方的嘴裡，他們因彼此餵食，而得到無比的滿足。上帝對那個人說：「這就是天堂。」

如果大家只想到自己，不跟別人情感交流、互通有無，那就會因「情感飢渴」而死。但只要我們敞開胸懷，彼此以情感滋潤對方、餵養對方，那就會如同置身於天堂之中。

W上

莫做空心樹

M：

人非草木，孰能無情？但我們的文化卻在有意無意間，教導我們要壓抑自己的感情，應該「逢人只說三分話，莫要全拋一片心」，應該「泰山崩於前而色不變，麋鹿興於左而目不瞬」。結果，多數人都不輕易流露他們的感情。

巴涅斯（Domingo Báñez）有一則關於「空心樹」的預言：從前，在森林裡有一棵樹，挺立於眾樹之中。對別的樹來說，它是非常健壯，但也是非常疏遠的。因為任何狂風都無法使它的樹枝彎曲，拂向周遭的樹。但這棵外表堅毅的樹，內心其實非常悲哀寂寞，因為它的樹幹是中空的，為了怕被人家看到中空的樹心，它只能長久保持堅挺，結果使它無比倦怠。

有一天，在鬆懈中，一陣暴風雨來襲，它遂被拉出地面。在砰然倒地之時，它那中空的樹心終於暴露出來，無處遮掩。眾樹譁然，不知該禮貌地迴避，還是趨前撫慰。這棵樹原先感到羞愧、憤慨，但後來它看開了，情願赤裸地躺在那裡，將自己空虛的內裡朝太陽、風和雨開放。於是，在陽光的照耀和雨水的滋潤下，它扎下了新根，長出了新芽，成為一棵和眾樹共舞合唱的新樹。此後，不論白天或黑夜，它都覺得充滿了愛和歡樂。

很多人都像這棵「空心樹」，有著硬酷而冷漠的外表，其實那只是在掩飾內心的空虛和脆弱。他們雖渴望愛與友誼，但卻不敢表白，因為他們擔心這樣會被認為是「多愁善感」或「不成熟」；不敢敞開心胸與人交往，因為他們害怕會遭到拒絕；不敢在人前暴露內心最隱密與最脆弱的部分，因為唯恐遭到對方恥笑或被對方看不起。

但這種自我防衛性的冷淡，卻使他永遠交不到朋友，永遠得不到別人情感的滋潤。

你要獲得別人情感的滋潤，必須先敞開自己。如果你像「空心樹」，把自己包裹在層層的「心理甲冑」裡，即使別人想滋潤你，也不得其孔而入。其實，就像這則寓言所顯示的，當你解除「心理的甲冑」，敞開胸懷，不怕曝露自己的空虛和脆弱時，反而能得到自然和同伴愛的滋潤。

解除「心理的甲冑」在心理學裡有個專有名詞，叫做「自我揭露」。心理學家亞特曼（Irving Altman）的研究顯示，「自我揭露」是人際關係發展過程中一種基本的「社會交換」。人與人交往在開始時都只是交換一些浮面的訊息，但要建立更熱絡與親密的關係，就需要有更廣泛與更深入的自我揭露，包括個人的隱私、狂想、憂慮、弱點、缺點等。

有人以為透露這些「見不得人」的事或想法，會讓對方瞧不起，因而討厭、疏遠你；但實驗顯示，只要不是太突兀，對方不僅不會鄙視你，而且還會因你的真情流露，而更加喜歡你、尊重你，同時回報你以同樣的真情，而使你們的關係進入另一個新的層次。

如果你懷疑，那你試試看就知道。

W上

走出自戀的窩巢

M：

很多人都說，「自愛」是「愛人」的基礎。

的確，一個人若連自己都不喜歡、不欣賞、不愛，那我們實在很難寄望他會喜歡、欣賞、愛別人。但如果一個人太喜歡自己、太欣賞自己、太愛自己，那他也不可能真的會喜歡、欣賞、愛別人。

猶記得你說你「有點納西瑟斯」。關於納西瑟斯，有一個後續故事：有一天，納西瑟斯覺得他愛上了一個女孩，他和女孩來到他平日徜徉的河邊，兩人手牽手凝視河面，但納西瑟斯依然只看到「他自己」，他身旁的女孩並不存在於「河面」——他心靈的視野中。

納西瑟斯是「自戀」的，一個典型的自戀者在人際關係中的特徵是，他只關心自己和自己的感受，誇大自己的重要性和唯一性。在談話中，他不止只談論自己，而且希望自己永遠是話題的中心，希望別人能不斷地關心、讚美他；但卻很少主動去關心、讚美別人。

在感情方面，他只能「接受」，而無法「付出」。事實上，他渴望從別人那裡得到的只是讚美，而不是關心；別人真正的關心反而會讓他感到不自在。

一個自戀者通常具有某些才華（這更加深他的自戀），也許他身邊會不乏「鼓掌的群眾」，但卻很難有知心的朋友，因為在他眼中，別人永遠只能當「陪襯」。表面上，他也許「相識滿天下」，但內心卻非常空虛寂寞，只好一再去尋找更多、更新的「鼓掌的群眾」。

還好，你也說「你又不那麼納西瑟斯」。一個人真正需要的並不是盲目崇拜與鼓掌的群眾，而是真正了解、關懷與欣賞自己的朋友。但你要別人了解、關懷與欣賞你，你必須付出同樣的了解、關懷與欣賞。

米德是個名滿天下的人類學家，但她更看重知心的朋友——另一個女人類學家潘乃德（Ruth Benedict）就是她最知心的朋友。米德在形容她和潘乃德的友誼時說：

「我們一再閱讀彼此的作品，寫詩回贈，我們共享並分擔對人類學以及對世界的希望和擔憂。她去世前，我閱讀過她所有的著作，而她也讀過我所有的著作。從來沒有人曾經如此，現在也沒有。」

對一個作家或學者而言，閱讀他的著作也許是了解、關懷與欣賞他的一個基本途徑。所謂了解、關懷和欣賞，並不是浮面的、口頭上說說而已，而是要付諸行動，主動透過各種途徑去認識對方的「自我」——他的思想觀念、喜怒哀樂、各種感受等等。唯有在充分認識對方的「自我」後，我們才能對他產生真正的關懷和欣賞，也才能讓對方覺得你是真正了解他，而不是「客套」。

而要做到這點，我們就必須先走出自戀的窩巢，將眼光和心思從自己身上挪開，像欣賞自己一樣欣賞別人、像希望別人了解自己一樣去了解別人。然後，你得到的不只是真正的友誼，更包括「另一個人」活生生的、豐饒的、溫暖的內心世界。

W上

富蘭克林的祕訣

M：

酒逢知己千杯少，話不投機半句多。

你說即使你敞開胸懷，想和他人真誠交往，但卻經常發現，有些人在交談幾句後，就讓人覺得語言無味，甚至面目可憎。

的確，與他人交往的經驗並非都是愉快的。但我想這主要是每個人的背景、人格、經驗、思想、觀念不同的關係，當面對一個與自己截然不同的「意識體」時，我們就會覺得雞兔同籠，難以和他水乳相融。

但這並不意味我們和對方就無法有情感的交流。

富蘭克林（Benjamin Franklin）在賓夕凡尼亞州當州議員時，曾遇到一個令他非常頭痛的政治敵手——另一個州議員。這位仁兄一再和他唱反調，對他表現出明顯的不友善。富蘭克林想和他改善關係，但卻找不到突破的方法。有一天，他聽說這位州議員藏書甚豐，而且有一本極稀有、極珍貴的藏書。富蘭克林於是寫了一封短箋給對方，先對他的愛書與藏書表示欣賞、敬佩，然後說他渴望拜讀那本稀世寶書已久，「不知閣下能否慨允惠借數天？」

這位州議員在收到短箋後不久，立刻就派人將書送交富蘭克林。過了大約一個禮拜，富蘭克林在讀完那本書後，也差人將書送回給對方，並附上一封讚美該書及感謝對方的信。下次，兩個人在州議會碰面時，那位州議員就主動走過來和富蘭克林寒暄（在以前，他從未這樣做過）。此後，他不僅不再和富蘭克林為敵，而且和富蘭克林成為終生的好友。

有人認為富蘭克林這種「化敵為友」的祕訣是一種心理策略——「想讓對方喜歡你，就請對方幫你一個忙。」但我認為，更重要的是那本稀世藏書讓富蘭克林和對方產生了「存在的共享」。

富蘭克林是個愛讀書的人，他成功的地方是找到他和對方相同之處，並主動表達欣賞對方在這方面的優點。對那位州議員來說，他一定很珍惜、很看重那本書，而富蘭克林居然也「識貨」地想借那本書，原來富蘭克林在這方面和他是「英雄所見相同」啊！在惺惺相惜之下，他和富蘭克林在政治或其他方面觀念的歧異，也就不那麼重要了。

我要說的是，每個人都有和我們歧異的地方，但也有相同的地方；每個人都有他的缺點，但也有他的優點。在與人交往時，我們應盡量去找出自己和對方相同的地方，並學習去欣賞、讚美對方的優點。

心理學家威廉．詹姆士曾說：「人類天性中最深沉的根本，是對讚美的渴望。」我們渴望別人能欣賞、讚美我們所看重的優點，同樣的，我們也不要吝於去欣賞、讚美別人。但讚美不是諂媚，像富蘭克林這種不失身分而又不著痕跡的讚美，就很值得我們學習。

W上

發現另一個自我

M：

「一介之士，必有密友。」在不斷地與各式人等接觸的過程中，我們終將找到我們的朋友。就像亞里斯多德所說：「朋友是另一個自我。」朋友不僅是「知己」——知道自己的人，我們還能從朋友身上看到「自我」。

兩個朋友的交會就是兩個「意識」的交會，這兩個「意識」有很多地方像平滑的鏡面般，能正確無誤地映照出對方的心靈樣貌，讓彼此產生「他了解我」、「我們是一樣的」的喜悅感覺。

哲學家羅素說：「我在劍橋大學的第一學期，就認識了一大群人，他們後來都成為我終生的摯友，從此我再也沒有重溫童年時代那種難熬的孤寂。」朋友，是最能讓我們免於孤寂的人；而求學時代，正是我們與他人建立終生友誼的黃金時代。

羅素在上大學前相當寂寞，不只因為他在五歲時，即因雙親相繼故世，而和年老的祖母相依為命；更因為來往的都是宗教氣氛濃厚的貴族家庭，使他必須壓抑自己的情感和思想。他早就懷疑上帝的存在，但卻不敢對人言；而他對數學和哲學的興趣，卻被周遭的人認為「荒謬可笑」。沒有人了解他。

但在進入劍橋大學後，他發現原來有不少人「跟他一樣」，喜歡談哲學、談內心的想法、具有懷疑精神而又熱烈追求真理，他欣喜若狂，也立刻如魚得水地加入他們，一個「意識孤島」終於找到了類似的意識體，而融入更大的「意識群島」中，不再感到寂寞。

不管是「志趣相同」或「臭味相投」，學生時代所建立的友誼總是令人特別珍惜和懷念。羅素在大學時代曾參加一個名為「門徒」的社團，成員只有十二人（如耶穌的十二門徒），在星期六晚上輪流到每個人的住處聚會，由一人朗讀他的哲學論文，其他人參與討論。這種討論通常徹夜不停，直到星期日清晨，大家再迎著晨曦去散步，然後回家睡大覺（類似的社團聚會，似乎是劍橋大學的一個傳統，更早以前，經濟學家凱因斯（John Keynes）在讀書時，也曾參加一個叫「午夜學會」的社團，每個星期六午夜十二點聚會，朗讀令人著迷的舞台劇台詞，凱因斯說他也和這些社員成為終生朋友）。

它的令人懷念與珍惜，不只是彼此興趣相同，還有屬於年輕人浪漫的理想，以及為興趣與理想而在身心方面的耽溺與放縱。等你年紀大一點，就再也難有這種機會、心情和體力。

年輕時代所結識的朋友，正具有這種可愛的特性。他們像一面晶瑩剔透的明鏡，映照你年輕的思想、情感、興趣和理想。即使日後各分東西，但只要想起他們，就讓人心裡充滿溫馨。

趁現在多去認識、結交一些志同道合的朋友，去發現更多的「另一個自我」，徜徉於更大的「意識群島」中吧！

W上

柔情是慷慨而仁慈的

M：

年輕時代，也是一個人嚮往愛情、歌頌愛情、追求愛情的時刻。愛情——渴望與另一個人在身心方面結合在一起的情感，遠比友情和親情來得激烈而複雜，但也需要更多的關切。

哲學家叔本華曾說，所有的愛情，不管外表多麼神聖、靈妙，它的根柢都只存在於性本能中。當一個人墜入愛河，變得神不守舍時，他「墜入」的其實是「種族靈魂」的懷抱；一個人在戀愛中所表現出來的狂喜或悲痛，事實上只是「種族靈魂的嘆息」。

這當然有部分的真實性，但這只是愛情的「形下學」。在人性的進化中，有一部分的「肉欲」早已蛻變成「柔情」，而一個人對另一個人的「柔情」，是人與人間所存在的最美麗、也最高貴的情感。

當然，還是有人說，「柔情」乃是源於「錯覺」。而這也有相當的真實性，譬如戀愛中的男子，把別人眼中的尋常女子視為「西施再世」；而戀愛中的女子，則把自己想像中的優點，都「投射」到情郎的身上；然後彼此含情脈脈、深情款款。我們不必否認，其中確實有很多只是「幻象」。

但與其殘忍地說「戀愛中的人眼睛是瞎的」，不如說戀愛中人是在將對方理想化，對方只有八分好，我們卻認為他有十分好；而對方顯而易見的缺點，我們則認為那「不算什麼」。在將對方理想化的過程中，我們表現出人性中最慷慨、最仁慈、最寬容的一面。

戲劇家鄧南遮（Gabriele d'Annunzio）身材矮小、容貌也不好看，但卻是一個出色的情人。他令人著迷的地方就像舞蹈家鄧肯所說：「鄧南遮在追求一個女子時，他能把她的心靈從塵世帶到一種神聖的境地……他讓女子們得到一種聖潔的感覺，昇到高處。」

你可以說鄧南遮「油腔滑調」，但他其實也是慷慨、仁慈的。

一個人在戀愛時，不只將對方理想化，自己也會變得比較理想。原來邋遢的人變整潔了，原來說話粗聲粗氣的人變柔聲細語了，原來市儈的人變得愛讀詩了，原來得過且過的人變得胸懷大志了。而且周遭的人和整個世界，也都染上一層玫瑰色的色彩，變美麗、變可愛了。

這就是所謂的「柔情」或「愛情的魔力」。我們因真情流露，而使愛人、自己、他人和世界變得更美好。

心理學家喜歡說，愛情乃是來自自我的「不滿足」，愈是感覺到自我不完整的人，就愈容易對另一個人產生痴情狂愛，這也正是古人所說的：「太上忘情，下愚不及情；情之所鍾，正在我輩。」

戀愛，可以使你擁有一個更圓融完整的自我，而且表現你人性中最慷慨、仁慈、寬容的一面。

W上

少年歌德的煩惱

M：

「哪個少男不多情？哪個少女不懷春？此乃人性中的至潔至純；啊！怎麼從中有悲痛迸出？」

這是歌德名著《少年維特的煩惱》（*The Sorrows of Young Werther*）序言中的一段話。故事中的主角維特愛上一個名花有主的少女夏綠蒂，為情所苦的他無法自拔，最後竟舉槍自盡。

愛情，雖是歡樂的泉源，但也是痛苦的淵藪。正所謂「多情多煩惱」，少年維特的煩惱，其實就是少年歌德的煩惱（當然歌德並沒有舉槍自盡）。歌德是個多情種子，年輕時代談過不少戀愛，但也有過不少煩惱。而少年歌德的煩惱，其實也是很多年輕人的煩惱：

歌德和他的初戀情人葛蕾卿彼此相愛，但歌德卻懷疑她「不完全屬於自己」，聽到她和家人接受另一個男大學生的邀請去看戲，就發瘋似地到戲院去偵察；一再地懷疑、試探和折磨，終使兩人不歡而散。

愛情比親情和友情更具占有欲和排他性，戀愛中人不僅希望對方「只能接受我一個人的愛」，而且「心中不能有其他任何人」，結果就經常表現出強烈的嫉妒，非理性地限制對方行動與思想的自由，情絲萬縷竟變成捆綁對方的嚴酷繩索。這種妒火常令人抓狂，它唯一的解藥就是一再提醒自己：「柔情是慷慨、仁慈而寬容的。」

歌德後來和某舞師的兩個女兒交往，姊姊愛他，而歌德愛的是妹妹，但妹妹卻情有別鍾；最後，同樣以痛苦收場，歌德黯然離開這兩姊妹。

「我本有心向明月，誰知明月照溝渠？」落花有意而流水無情，也常讓人感到痛苦。我們應像表達其他感情一樣，自然表達自己對對方的愛，但只能「盡其在我」。既然我們愛對方，那就付出我們的愛和關懷，這是我們唯一能做的事。「給予」本身即是一種喜悅，它代表我們的豐饒，但卻不能強迫對方接受。如果這種給予讓對方產生困擾，那就失去愛的原意。

同樣的，如果有人向我們表達他的愛，即使我們礙難接受，也應心存感激，絕不能無情地加以嘲弄。

歌德後來又愛上夏綠蒂，他明知夏綠蒂已有未婚夫，但還是對她一往情深，結果愈陷愈深，難以自拔。最後雖然慧劍斬情絲，毅然離開，並以這段情為藍本，寫成小說《少年維特的煩惱》，但因為寫得太逼真，而且醜化夏綠蒂的丈夫，結果讓他們夫婦產生很大的困擾。

愛情需要理智和責任。太過理智，就不會有激情；但適度的理智卻可以為愛情提供一個安全藩籬，不會盲目亂流，到最後難以收拾。而關懷本身就代表了責任，不管聚散離合，我們都不應再有意或無意地為對方製造痛苦。

要享受愛情的歡樂，不必學習；但要避免愛情的痛苦，卻需要學習。

W上

閉鎖與開放的愛

M：

托爾斯泰在《戰爭與和平》的跋裡，曾提到一對他認為「理想的夫婦」與「美滿的婚姻」：

妻子在婚前是個愛打扮愛賣俏的女郎，但在婚後卻洗盡鉛華，謝絕一切社交活動，深居簡出，專心一意地相夫教子，並學會對丈夫吃醋。而丈夫在婚前也有很多志同道合的朋友，但在婚後他也跟他們疏遠了，而把全部的心力放在妻兒以及維繫家庭生存的事業上。

這似乎也是很多童話、小說和電影的結局：一對男女在歷經各種考驗和劫難後，有情人終成眷屬，兩個人到一個「遙遠的地方」，過著只屬於他們的「幸福生活」。

但這樣的愛情和婚姻，其實是一個「悲劇」。愛情像一條鎖鏈將兩個人捆綁在一起，「長相廝守」，做什麼事都要「成雙入對」，你離不開我，我也離不開你，結果雙方的自我都受到了限制，無法獲得應有的成長。這樣的愛情和婚姻關係其實是閉鎖的、停滯的、沉悶的。

另一個小說家勞倫斯（D. H. Lawrence）在《查泰萊夫人的情人》（*Lady Chatterley's Lover*）裡，也表示了他對「理想婚姻」的看法：「（兩個人）宛若兩條船，被一條有磁性的隱形長線牽連著，各別朝相同的方向，憑自己的本事，獨立地駛向同一個港口。」雖然在現實生活裡，勞倫斯並沒有做到這點，但這確實是比較理想的愛情與婚姻關係。

愛不是相互束縛，而是相互扶持。我們愛的不僅是對方的軀殼，更是對方的自我；而自我是會不斷成長與發展的，愛應該成為激勵自己成長，同時也幫助對方成長的力量。要做到這點，就必須雙方都保有充分的自主權和適當的隱私權，雖然有共同的生活領域和目標，但也有各自的生涯追尋和社交活動。每個人都因對方而「擴大」自己的人生視野，而不是「縮小」。

所謂「開放的愛情」或「開放的婚姻」，並不是彼此之間沒有任何約束和責任，而是讓自己和對方依其本然地成長與發展。看著自己所愛的人能不斷自我成長是最令人欣慰的事，當自己在成長時，對方也要無礙地成長，這樣才能在不斷地互相發現、驚奇與讚賞中，讓愛情繼續滋長，永保新鮮。

要有這種「開放的愛情」與「開放的婚姻」，必須先對自己有自信，同時也信任對方。自信自己有讓對方欣賞、愛慕的優點，這些優點會與時俱增，而不是完全走樣；並信任對方的愛情、人格及獨立判斷、抉擇的能力。只有互相信任，愛情和婚姻才不會淪為彼此捆綁的鎖鍊。

而這些，也是我們需要學習的地方。

W上

與他人共享存在

M：

人常被分為兩種：一是「我們自己人」，包括親戚、愛人、同學、同事等；一是「其他人」，不是自己人的都屬於此類。通常，我們只和自己人有情感的交流；至於對其他人，我們則表現出相當的冷漠。

存在主義哲學家海德格（Martin Heidegger）說：「人的存在，本質上是與其他人『共同存在』的。」當我們走在街上時，四周有各式各樣的人和我們「共同存在」，但這只是物理上的「共同存在」，我們似乎無法、也不願意和他們有情感的瓜葛，更不用說交流了。因為在心理上，我們和他們缺乏「一體感」。

我們與周遭的其他人只「共同存在」，卻很少「共享存在」，但這並非無法改變。心理學家利帕（Richard A. Lippa）曾提到他的一次特殊經驗：

在他所住的社區裡，居民一向是各掃門前雪，彼此之間保持一種禮貌而冷淡的關係，見面時雖會打招呼，卻很少主動串門子或聚在一起閒聊。但在一九六三年甘迺迪總統（John F. Kennedy）被暗殺的那一天，利帕回家時，卻看到鄰居們不知道從什麼地方冒了出來，三三兩兩地聚集在街道上、樹蔭下，熱絡地交談著。

為什麼這些原本好幾個月彼此都不說一句話的鄰居們，會變得如此熱絡呢？利帕說，那是因為總統被暗殺的消息讓他們產生「一體感」——「我們」的總統被暗殺了！並因而產生「共同的焦慮」，他們亟需與他人來「共享」或「分攤」這種焦慮。

不只共同的焦慮，共同的期待和快樂也會讓陌生人產生「一體感」而出現溫馨的情感交流。在我年輕的時代，台灣青少年的棒球運動如火如荼，當台灣的少棒隊遠征美國威廉波特時，全島各地的冰果室在深夜都燈火通明，電視機前也圍坐著一大堆不知從哪裡冒出來的觀眾，邊看電視邊熱絡地交談著。在一棒定江山，獲得世界冠軍時，有人高興地放鞭炮，而更多的人則聚集在冰果室內外、街頭巷尾，興奮、愉快地交談著：「我們的少棒隊贏了！」彼此以情感相互滋潤，久久不忍離去。

這不只是「共享存在」而已，就像瑞典的一句俗話所說：「分享的快樂會帶來加倍的快樂，分攤的痛苦則能減輕一半的痛苦。」即使是和平日與我們不相干的他人做情感的交流、相互滋潤，也具有這種神奇的效果。

但很可惜的，在事過境遷，一切又恢復「正常」後，大家就又收起了笑容，變得如往昔般冷漠。

如果我們認為在某些特殊的情境中，大家放下身段，彼此相濡以沫，是一種讓人回味無窮的「真情流露」，那正表示我們平日的矜持和冷漠，是多麼地「虛假」，而又讓人搖頭。

嘗試摘下你那僵硬而虛假的面具吧！要讓你的人生處處有溫情，不只要和自己人共享存在，亦需和其他人、所有人共享存在。

W上

快樂的魔法師

M：

從前，有一位年輕的王子，靠著父王的鍾愛和權力，想要得到什麼就能得到什麼，沒有一種欲望不能獲得滿足。但他卻經常愁眉苦臉，悶悶不樂。國王為此而擔憂。

有一天，一位魔法師走進王宮，對國王說他有辦法讓王子快樂，使愁顏變成笑臉。國王聽了很高興，答應只要魔法師辦到，他願意給他任何獎賞。魔法師於是將王子帶進一間密室中，用白色的粉末在一張白紙上塗抹，然後要王子在黑暗中點燃蠟燭，白紙將會顯現神明給他的指示。說完後，魔法師就走了。

王子遵照魔法師的指示去做。在燭光的映照下，原來看不見的白色字跡忽然變成美麗的綠色，清楚地呈現「每天為別人做一件善事」幾個字。這就是神明給他的指示，他依指示去做，不久，就成為全國最快樂的少年。

神明的指示似乎只是在重彈「日行一善」、「助人為快樂之本」這樣的老調，了無新意。

不過這個故事的重點是在「魔法」，如果是由尋常人、國王，甚至魔法師的口中說出同樣的話，那王子可能把它當作耳邊風，根本不會確實去做。而真正的「魔法」是，你若確實每天去幫助別人，你就會真的「變」快樂，就像白紙映照燭光，「變」出美麗的字跡般。

在我們的生活周遭，不管是親戚、朋友、同學或陌生人，多的是我們可以幫助或需要我們關懷的人和事，但我們卻甚少付出關懷、給予幫助，因為我們總是先入為主地認為，這對自己沒有什麼「幫助」。其實，關懷和幫助別人會讓自己獲益良多，而最大的好處就是讓自己快樂。

如果你捐過血，你就能體會其中的奧祕。很多捐血人都是常客，每隔一段時間就主動去捐血，甚至有點「上癮」。為什麼會如此呢？因為每次捐完血，他們的心中就會充滿快樂。他們是對快樂、而不是捐血「上癮」。

一個捐血人之所以快樂，因為他只「給予」而不求「回報」。血當然是給需要的人，但他們卻不知道自己的血幫助了什麼人，當然也不會期望對方的回報。這才是真正的「給予」，也是真正的「助人」。只有如此單純的給予和助人，才能讓我們產生真正的快樂。

關懷和幫助別人需像捐血一般，不必預求回報，也不必擔心自己會有什麼損失。我們雖然捐出部分的血，但自己的身體卻能製造出更多的血，反而使自己的生命獲得更新，變得更清新。我們因付出而變得更豐饒。

托爾斯泰曾說：「我們因受某人幫助而愛他，遠不如我們因幫助某人而愛他。」當有人關心我們、幫助我們時，我們當然會因此而喜歡對方、愛對方；但如果你能主動關懷、幫助其他人，你也會因此而變得喜歡、愛對方，而這是更深邃、也更值得珍惜與開發的喜歡和愛。

你如果不相信，不妨試試看。

W上

澤集——

縱浪大化中

幸福是什麼？

M：

在生命的旅途中，當你奮力或勉力前行時，難免會突然停下腳步，駐足沉思：「這，就是我想要的嗎？走上這條路，我的人生會比較幸福嗎？」

每個人都渴望擁有一個幸福的人生。但什麼叫做「幸福」？不只因人而異，更會因時而異，一個人在二十歲時所追求的，跟他在五十歲時所嚮往的，極可能是截然不同的「幸福」。

有「法國大革命導師」、「自然主義之父」、「浪漫主義之父」美譽的盧梭，出身於瑞士的一個鐘錶匠家庭，他八歲就離開家鄉，寄居四處，流浪八方，因一再地不滿於現狀，而做過很多工作，包括訟師見習生、雕刻學徒、金飾店店員、貴族家庭僕役、神學院學生、地籍調查員、勤務兵、翻譯員、音樂教師等，年輕時代的生活相當坎坷。

但慢慢地，他終於有了讓很多人羨慕的「幸福」生活：有好幾個美麗而多情的貴婦對他垂愛、呵護備至，而他更憑其卓越的才華和見識，寫出了《民約論》（*The Social Contract*）、《愛彌兒》、《新哀綠綺思》（*Julie, or the New Heloise*）等不朽傑作，引領社會風潮，周旋於巴黎的上流社會及高級知識分子之間，成為受人崇拜的英雄人物。

但後來，盧梭在他那大膽自剖的《懺悔錄》（*Confessions*）裡卻不只一次提到，說他當初如果不離開家鄉，像他父親一樣做個鐘錶匠以終；或者在他坎坷流浪的某個時候能安定下來，不管是做個地籍調查員或音樂教師，而不要到巴黎去，那他的人生可能會比較「幸福」。

因為他發現大多數歡樂的背後其實都隱含了不安和痛苦，繼聲名而來的則是各種惡意的攻訐和猜忌，他只是變得比較「複雜」而已，並沒有變得比較「幸福」。當他有點身不由己地被推向生命的高峰時，他雖然表現出他最好的一面，但也表現出他最壞的一面，在善良、高貴、謙卑與邪惡、墮落、張狂之間，他的生命被難過地撕扯著。

盧梭對自己生命的反思，讓人想起兩句古詩：「劇憐高處多風雨，何必更上一層樓？」但這並不是在勸你或暗示你不必「更上一層樓」，而是希望你了解：幸福，跟你爬得多高沒有關係。

很多人羨慕別人的生活，認為自己將來如果能「像他一樣」，那將是「無比幸福」。但這些被羨慕的人，卻往往不認為自己是「多麼地幸福」；至少，沒有自己過去所期待的那種「幸福」感覺。他們反而渴望過一種比較單純、比較平凡的生活，認為那才是人生真正的幸福。

你有你的幸福，我有我的幸福。只能從別人的眼中看到幸福，是一件悲哀的事。其實，只要自己心安理得、無愧無悔、自得其樂，就是幸福。這是最簡單、最實在、也最容易得到的幸福。

W上

第十三項德行

M：

富蘭克林在二十來歲時，曾為自己列出了十二項應該身體力行的德行。它們分別是：節制、沉默、秩序、果斷、儉樸、勤勞、誠懇、正直、中庸、清潔、寧靜、貞潔。

後來有一位朋友親切地告訴他，說他雖然才華出眾，也很有德行，但卻經常給人一種睥睨一切、傲慢自大的感覺；他大概不認為這有什麼不對。

富蘭克林虛心檢討，覺得自己確實有這種毛病，於是又在他的德行欄目裡添加了「第十三項美德」——謙卑。

謙卑，不只是待人處世時應有的一種德行，更是觀照自己時應有的一種態度。如果你能謙卑些，那麼你的人生就會顯得更自在、更幸福。

謙卑的第一要義是體認自己的渺小。就浩瀚無垠的宇宙來說，整個地球、整個人類都是異常的渺小，而你我當然就更加渺小。在這個渺小的世界裡，就像莊子所說，什麼賢愚、貴賤、成敗、得失，都沒有什麼太大的「差別」。但這不是犬儒式的虛無主義，而是跳脫出因狹隘的差別觀所帶來的「自貴而相賤」，所產生的怨恨、憎惡、憂鬱和悲痛。

只有具備廣大的視野，開闊的心胸，才能發現自己的渺小。因此，一個謙卑的人必然也是視野廣大、心胸開闊的人，他能夠以更寬容的心來欣賞別人的成功，接納自己的失敗，同時不會武斷地認為「事情就是如此，無法改變」。因為謙卑的人會認為，他無法以其「遲鈍的能力」知曉上帝的意旨。

但這並不是說，自覺渺小就只能志微氣短。事實上，大多數有大成就、成大事業者，都是自覺渺小、心懷謙卑的人。像帶來偉大發現的愛因斯坦就說，他只是「不斷嘗試去了解在自然中所啟示的極微小部分的智慧而已」，他更說：「我相當清楚自己並沒有什麼特殊的才能。好奇、固執與忍耐，再加上自我批判，使我產生了我的觀念。若說我有什麼超強的思考能力或頭腦，我是沒有的，我有的也許只是中等的才智而已。」

當你成功時，自大不會使你在他人眼中變得更偉大，或讓自己變得更快樂；但謙卑卻可使你在他人眼中變得更偉大，自己覺得更快樂。反之，當你失敗時，傲慢也不會使你在他人眼中變得更無辜，或減少自己的痛苦；只有謙卑才能使他人認為你是無辜的，並減少自己的痛苦。

「自覺渺小的謙卑」和「胸懷遠大的夢想」並不會不相容。因發明幾種獨步全球的肝癌手術方法而蜚聲國際的林天祐醫師，曾在《傳記文學》連載他的回憶錄，在結集出書時，他說他本想命名為《小螞蟻的腳音》，但後來「不自量力」地將它改為《象牙之塔夢迴錄》。

這不是「不自量力」，而是我們一方面要自覺渺小，一方面要敢於去作夢。

W上

蝴蝶與坦克

M：

海明威有一篇短篇小說，名為〈蝴蝶與坦克〉（*The Butterfly and the Tank*），描述在戰爭的嚴肅氣氛中，一位歡樂的男子在酒館中被射殺的故事。

蝴蝶象徵男子輕盈的歡樂，而坦克則象徵戰爭沉重的肅殺，這兩者起了衝突。但海明威的弦外之音是：歡樂與嚴肅、蝴蝶與坦克難道是不相容的？一定要有我無你嗎？

就一個人的生命或自我來說，我們也面對了同樣的問題：歡樂與嚴肅、溫柔與剛猛、理性與感性、孤獨與合群、寧靜與喧囂，難道你只能二選一，而不能兼容並蓄嗎？

海明威自己為我們提供了答案。在生命如春花綻放的青少年時代，他幾乎同時喜歡上了拳擊與寫作，拳擊像坦克，是剛強的，是「力」的表現；而寫作像蝴蝶，是柔婉的，是「美」的象徵。他把兩種在本質上南轅北轍的東西，巧妙地結合在一起，「力」與「美」正是海明威一生追求的目標。

英國前首相柴契爾夫人（Margaret Hilda Thatcher），她早年的外號就叫做「鐵蝴蝶」（後來則被稱為「鐵娘子」），法國總統密特朗（François Mitterrand）形容她「眼睛像卡里古拉（羅馬皇帝），而嘴唇則像瑪麗蓮夢露」，另有記者說她「皮膚宛若嬰兒，眼睛卻似導向飛彈」。

這種看似「矛盾」的組合，不只存在於外貌，亦表現在日常生活中。在未從政前，她做過化學家、當過律師，但也曾經夢想要當一個電影明星，也做過試穿花呢服裝的模特兒。

我們很難用簡單的語彙來概括海明威，因為他熱愛生命而又喜歡玩命，縱情享樂而又辛勤工作，喜歡戶外活動而又耽讀小說，酷飲烈酒而又黎明即起，喜歡吹牛而又實事求是，粗獷豪邁而又容易受傷害。

他一下子在殘酷的戰場奔走，一下子在狂熱的鬥牛場叫囂，一下子又獨自到暗夜的溪邊垂釣；今天到荒郊野外打獵，明天在孤寂的閣樓上寫作，後天則和迷人的美女談戀愛。

我們也很難用傳統的「男人」或「女人」來定義柴契爾夫人，因為她有極剛強果決的一面，在國會殿堂上，她為她的治國理念和政策激烈辯護，毫不退縮；當阿根廷侵占福克蘭群島時，她立刻派遣艦隊做一萬二千八百公里的長征。

但她也有極細膩溫婉的一面，在電視上，她告訴婦女同胞她如何燙裙子，以及如何讓蝴蝶結保持堅挺的「女性秘密」；雖然從政多年，她一直沒有雇用女傭，而是親自主持家務，即使當了首相，她還是每天早上烤麵包，晚上有空就做馬鈴薯肉餅，與家人共享。

海明威和柴契爾夫人的共通點是：他們是充滿了「生命活力」的男人和女人。所謂「活力」，是生命不會「固著」或「偏執」在一個定點上，而是在兩種不同的特質間流動，兼容並蓄看似矛盾的東西或活動，而這也是讓他們的生命顯得多采與豐饒的祕密。

要使生命無悔，就要做個充滿生命活力的人。讓生命有歡樂，也有嚴肅；有溫婉，也有剛猛；有寧靜，也有喧囂；有理性，也有感性。

W上

生命的變與不變

M：

當你在黑暗中注視一盞煤油燈時，你會發現它那往上冒的火焰焰苗不停地在變化，但在剎那生滅中，燈焰似乎又依然是原來的燈焰。它是「既非同一焰，亦非另一焰」。

生命正像燈焰。乍看沒什麼改變，其實一直在變化中；雖然不停地在變化，但似乎又有它不變的地方。

文學家歌德在他所寫的《自傳》（*From My Life: Poetry and Truth*）裡，出現這樣的章名：初戀情人葛蕾卿、另一個少女安涅黛、舞師的兩個女兒、芙麗德里克、夏綠蒂、麗麗的出現等；他以令他心動、追求的迷人女性來為自己的生命下章節。歌德在七十四歲垂垂老矣時，還愛上一個十七歲的如花少女塢萊克。

這就是歌德生命中的變與不變。不變的是他對愛情的渴望，變的是他不斷愛上不同的女人。

但如果要發明家愛迪生寫自傳，也許就會出現如下的章名：自動電報機、行市指示機、電燈、留聲機、採礦機、電影、蓄電池、人工橡膠等；他覺得應該以他醉心研究、發明的科技產品來為自己的人生分期。愛迪生在死前兩年雖已無法到他的研究室，但仍然每天聽取助理們如何以麒麟草製造橡膠的報告。

這也是愛迪生生命中的變與不變。不變的是他對發明的熱衷，變的是他不斷地發明新的機器產品。

歌德和愛迪生都是生命發出燦爛光采的偉人。「女人」和「機械」雖然南轅北轍，卻生動地反映了他們兩個人不同的生命特質和興趣、各自所追求的生命主題或者基調。而且，他們都不是將他們的追尋固著在某一個點上，而是不斷前進，一山又一山地攀爬。

生命的鮮明在於擁有一個明確的主題，而生命的多采則在對此一主題做不同的揮灑。這也是我所了解的生命的變與不變。不變的是生命的主題和基調，變的是對它的追尋和揮灑。

到底是在愛情方面求變化還是在創造方面求變化，較能讓人滿足？顯然因人而異，何者較值得追求，似乎也沒有什麼標準答案。

哲學家羅素曾說：「愛迪生這種人不得不製造機械，以這種機械再製造另一種機械，這樣無限制地製造下去。」言下不無調侃之意。愛迪生的確是個機械迷，他對機械的興趣遠大於女人。但我想愛迪生不是缺乏「愛的生命力」，而是因為他不斷地「製造機械」，所以不必如歌德或羅素般不斷地「製造戀情」或「製造外遇」。不斷地創新、發明新機械，滿足了他對生命變化的渴求，而使他不必在女人方面求變化。

每個人都渴望自己的生命能鮮明而多采，但生命需有所變與有所不變。就人類整體的幸福而言，愛迪生似乎比歌德和羅素更讓人欣賞。

W上

活出自己的風格

M：

上帝賞賜給每個人一支生命的風笛，但卻有賴你去吹出屬於自己的、風格獨特的生命之音。

羅家倫在當清華大學校長時，曾和幾個朋友去拜訪大畫家齊白石。一進大門就看見屏風上貼著賣畫的價格（以大小論價，譬如一尺六元），進了客廳，又看到同樣的「價目表」貼在牆上。當時羅家倫的心裡頗為反感，心想：「這簡直是市儈，怎可算風雅畫家？」但後來知道他的經歷後，也就釋然了。

齊白石的確不像一般畫家那樣「風雅」，但這正是他「不同流俗」之處。齊白石其實是近代中國風格最「獨特」的一個畫家。他的獨特性，乃是來自他獨特的生命歷程。

齊白石出身於湖南的貧窮農家，雖然很早就展露繪畫的才華，但在讀了一年免交學費的書後，即因家裡糊不了口，而輟學上山砍柴、牧牛、撿牛糞，十五歲學做木匠，幫忙家計。但他還是無法忘情於繪畫，而利用晚上的時間，燒松柴照明，描摹和抄寫借來的《芥子園畫譜》及《名家詩集》，想成為一個畫家。

在經過如此的苦學、自學後，他的畫終於引起了傳統文人的注意。畫家胡沁園和大名士王湘綺紛紛收之為「門生」，於是齊白石一步一步地踏進了不屬於他的文人圈子。但他並沒有因此而迷失自己，反而一步一步地展露出屬於他自己獨特的生命情調。

譬如有一次，胡沁園約集詩會同人，賞花賦詩。大家歌詠的都是牡丹花，但齊白石吟出來的卻是「莫羨牡丹稱富貴，卻輸梨橘有餘甘」。在如同「牡丹」的文士及官宦子弟之間，他以「梨橘」自比，不僅不羨慕他們，而且還肯定自己的「餘甘」。這種自我肯定使他雖長期周遊於文人之中，仍能保持「和而不同」的獨特風格。

齊白石雖被歸類為文人畫家，但傳統的文人畫常以山水、花鳥、隱士為內容，畫風以「冷逸空靈」見長，而農民和工人出身的齊白石，「冷逸空靈」不起來，「捨真作怪此生難」，他反而喜歡用粗獷、有勁的線條去畫他所熟悉的白菜、辣椒、芋頭、稻穗、蜻蜓、蚱蜢、蝌蚪等動植物。

而他被羅家倫誤以為的「市儈氣」，其實亦是他這種獨特風格的顯現。他賣畫就跟在賣布一樣，因為農工出身的他，認為他靠賣畫養家活口，就像其他買賣一樣，明示價錢，童叟無欺，原是極自然的事；其他畫家故作清高或風雅，不標價而讓人忸怩推敲，或是因人而論價，那才是虛偽和作怪。從這點來看，齊白石反而是既可愛又真誠的。

「世態便如翻覆雨，妾身原是分明月。」生命因獨特的風格而顯得分明。

不管你要成為什麼「人」、什麼「家」，你都不是「別人」，而是你「自己」，必須有屬於自己的生命風格。而生命的獨特風格來自獨特的經驗與體悟，不隨別人的音樂起舞，以及不畏世俗的白眼和冷眼。

W上

在社會與歷史的舞台上

M：

每個人都應該盡量發揮他的生命活力，擁有自己的生命風格。但生命並不單純是私人表演，它是更大的社會／歷史／文化劇場裡的一部分。

我想你可能聽過德國數學奇才高斯的故事：高斯（Carl Friedrich Gauss）十歲時，他小學的數學老師布特納（J. G. Buttner）出了一道算術難題：「把從一到一〇〇的整數相加，總和是多少？」布特納本想在學生花時間計算時，自己喘口氣，想不到聰明的高斯利用算術級數的對稱性，不必用筆演算，就直接寫出正確的答案「五〇五〇」。

驚訝的布特納覺得他是可造的數學天才，立刻從漢堡郵購一本高深的數學課本，延請數學高手來教導他，同時遊說高斯的父親，不要再讓高斯整天織亞麻布來幫忙家計，而應該讓他研讀數學。後來，在費迪南公爵（Charles William Ferdinand）的贊助下，高斯進入當時歐洲的數學重鎮哥廷根大學，翌年（十九歲），就解決了困擾數學界多年的正十七邊形作圖問題，隨後，更陸續發表了很多數學上的創見，成為留名青史的偉大數學家。

但我想你可能沒聽過印度數學奇才拉瑪努加（Srinivasa Ramanujan）的故事：這位被很多人譽為「二十世紀最具才華的自然數學家」，從小就喜歡數學，但在他的印度家鄉，缺乏良好的師資，也沒有足夠的資訊，不過他卻憑其天分，完成了很多令周遭師友訝異的數學發現。

在一九三〇年代，他滿懷信心與期待，前往英國倫敦，想一展所長，但很快地，他的一顆心就開始往下沉，因為他發現自己過去多年憑自學辛苦所得的「重大發現」，都是歐洲的數學家早在多年前就已經發表過的。他既「生不逢辰」更「生不逢地」，已無法成為當代數學領域裡的頂尖人物，只好抑鬱以終。

同樣是數學神童，也同樣以數學做為他們自我追尋的主要目標，但因為生活在不同的社會／歷史／文化舞台上，結果使得高斯和拉瑪努加有了截然不同的人生戲碼。

也許這就是所謂的「命運」。古人說：「君子以不在我者為命。」在人生的舞台上，有很多因素都是自己無法掌握的，譬如你的國家是在興盛還是在衰敗之中？社會的風氣是和諧還是暴戾？文化是開放的還是閉鎖的？家庭的背景與周遭人士的價值觀如何等等；它們都「不在我」，但卻都會影響，甚至干擾你自我追尋的軌跡和結果。

畢卡索、米羅（Jean Miró）和達利（Salvador Dalí）被稱為二十世紀最偉大的三大畫家，他們都是西班牙人，卻都年紀輕輕就前往巴黎，然後闖出名號，奠定其世界級大師的地位。為什麼他們三個人會不約而同在年輕時代就前往巴黎？因為巴黎乃是十九世紀到二十世紀中葉世界藝術的中心，各種不同的思潮、流派在這裡誕生、交會、激盪、融合，你置身其中，接受它的洗禮，就更能有反映時代脈動的創見。另一方面，巴黎也會大大提高你的能見度，讓世人有機會認識你。

一個有抱負的聰明人，總是會留意並尋找適合自己揮灑的舞台。誰不希望在自己登場時，舞台上有亮麗而合適的布景，能和自己的演出相得益彰？但並非人人都能如願，更非每個人都想離開或拋棄自己所出身的社會／歷史／文化舞台；於是有人開始嘗試去做另一種追尋，在下一封信裡，我再對你說分明。

W上

小我與大我的追尋

M：

自我追尋有兩個層次：一是「小我的追尋」，具有私人性質的生命演出；一是「大我的追尋」，將個人融入更大的社會／歷史／文化劇場裡的追尋。

我在前面說過，印度聖雄甘地年輕時候到英國留學，學成後，到印度人嚮往的移民天堂——南非，當一名律師，過著相當西化的優渥生活。

他憑著個人的聰明才智，輕而易舉地就擺脫了他多數同胞的不幸命運，實現了他早年的人生目標。但他還是經常感到空虛與苦悶。

有一次在南非，他不顧朋友的忠言，買了頭等廂的車票搭乘火車旅行，結果因為白種乘客的抗議，而被查票員「請到」貨車廂去。甘地據理力爭，但這不是「錢」的問題，而是「膚色」的問題；最後，甘地連人帶行李被「推出」車外，孤獨地站在灰暗而陌生的驛站，看著「文明列車」發出亢奮的鳴聲，無情而決然地棄他而去。

這次的慘痛經驗及隨後的一些事，使他終於明白，不管他賺多少錢、英語說得多溜，他都只是「失根的蘭花」，都無法改變他是一個受歧視的印度人的事實，而這也是他在小有成就後，依然感到空虛與苦悶的真正原因，因為他到此為止的人生，雖然亮麗，但卻和他所屬的社會／歷史／文化布景不搭調。

在痛定思痛之餘，甘地放棄了獨善其身的「小我的追尋」，開始另一輪的「大我的追尋」——回到他所屬的社會中，重拾被他所淡忘的歷史和文化，並領導他的同胞，對抗英國的殖民統治。

這種「大我的追尋」，不僅使甘地的生命有了明確的歸屬和更踏實的意義，為印度和他自己創造新的歷史，同時也為日後的印度人提供了一個比較光采的社會／歷史／文化舞台。

同樣的道理，李遠哲在獲得諾貝爾化學獎後，毅然放棄在美國的優渥待遇和更上層樓的科學研究，回到故鄉台灣從事艱辛、吃力不討好的行政及教育改革工作，也是以「大我的追尋」來取代過去「小我的追尋」。因為他希望除了自己成長外，他所屬的社會和同胞也能跟著成長；他希望為後人提供一個更理想的社會／歷史／文化舞台。

你還年輕，才準備開始「小我的追尋」而已，現在跟你說這些也許言之過早，不過希望你了解，一個人應該在「大我的脈絡」裡從事「小我的追尋」，才會有比較踏實的感覺。

自我的追尋是綿延不絕的，它並非從你開始，更並非到你就結束。前人的追尋不僅提供你人生的「劇本」，更搭建了供你演出的社會／歷史／文化舞台；而你和時下眾人的演出，也將為後人提供類似的劇本和舞台。對你所置身的這個舞台，不管你是滿意還是抱怨，它都是你必須認同與珍惜的舞台。但願你和所有的新新人類在接下來的日子裡能搭起更亮麗的舞台，而不是把前人辛苦建立起來的舞台弄糟了、弄垮了。

W上

不忘舊時盟

M：

每個人都有「系列性的自我」，而生命的豐盈是讓這個系列性從「小我」向「大我」開展。一個人在二十一歲時，通常是他有著最遠大抱負、想讓自己向整個世界開放的時刻。

有一個人，在二十一歲的某天清晨，從一夜的酣眠中醒來，看到射進房裡的燦麗陽光，聽見窗外小鳥悅耳的鳴囀，他感謝上蒼賜給他的幸福，但也為周遭更多人的苦難而感嘆。彷彿聖靈降臨般，他嚴肅地對自己說：「我允許自己在三十歲以前為學問和藝術而活；但在三十歲以後，我要為人類奉獻餘生。」

這個人就是史懷哲。他在為自己許下此一高貴的誓言時，剛服完兵役，仍就讀於史特拉斯堡大學。在三十歲以前，他的確是為了學問和藝術而活，而且活得多采多姿。他在二十六歲時，就已經擁有哲學、神學和音樂三種博士學位，是康德哲學和巴哈、華格納音樂的知音、大學的神學講師、教會宿舍的總幹事、傑出的大風琴演奏家、製造風琴的高手，生活忙碌、充實而快樂。

但就在三十歲生日過後的某一天，他看到教會一則有關非洲土著悲慘生活的報導，想起自己在二十一歲時所許下的諾言，而決定到非洲去奉獻餘生。在了解土著最需要的是醫療後，如我前面所說的，他以三十歲的「高齡」進入大學醫學系就讀，花八年的時間修完「可怕」的醫學課程，取得醫師資格後不久，就前往非洲，在赤道附近的蘭巴倫，篳路藍縷、一磚一瓦地建立起他的叢林醫院，真的把他的餘生都奉獻給了當地土著。

當他要前往非洲前，甚至在他念醫學院時，很多親友都對他將自己燦爛的人生「重新歸零」感到惋惜，勸他不要糟蹋自己的才華和生命，但史懷哲卻說：「我必須給予別人一點東西，來酬償我所享有的福業。」他必須去兌現二十一歲時所許下的諾言，或者實現二十一歲時所懷抱的理想。

愛因斯坦說：「每個人都有一定的理想，這種理想決定他努力和判斷的方向。在這個意義上，我從來不把安逸和享樂看作是生活本身的目的——我把它稱為『豬欄的理想』。照亮我的道路，並且不斷給予我新的勇氣去正視生活理想的是善、美、真。」在追求真、善、美的過程中，愛因斯坦進一步指出：「只有為別人而活的生命才是值得的」、「只有獻身於社會，才能找出實際上短暫而又有風險的生命意義」。

如果史懷哲在三十歲以後，依然留在繁華的歐洲，繼續他的哲學研究、講授他的神學、演奏他的手風琴，那他也許只是在「重覆」他的生命樂章而已，他的自我將停滯、擱淺在一個高原之上。他的「不忘舊時盟」，不僅使他的生命獲得更新，他的自我變得更充實、更完整，而且讓更多的人受益。

丹麥哲學家齊克果曾經語帶調侃地說：「生活的祕密在於隨意宣說自己年輕時候有過什麼夢想，以及後來如何受阻而沒有實現。」也許這是很多人生活的真相，但不應該是你的「宿命」。我衷心祝福你，不管你現在心目中的夢想是什麼，對自己許下什麼生之諾言，希望你到三十歲時，仍能「不忘舊時盟」。

W上

新編 蟲洞書簡

看世界的方法 132

作者——王溢嘉

封面設計——日央設計
全書設計——吳佳璘
責任編輯——魏于婷

發行人兼社長——許悔之
總編輯——林煜幃
副總編輯——施彥如
美術主編——吳佳璘
行政專員——陳芃妤

藝術總監——黃寶萍
策略顧問——黃惠美．郭旭原
郭思敏．郭孟君．劉冠吟
顧問——施昇輝．林志隆．張佳雯
法律顧問——國際通商法律事務所
邵瓊慧律師

出版——有鹿文化事業有限公司｜台北市大安區信義路三段106號10樓之4
T. 02-2700-8388｜F. 02-2700-8178｜www.uniqueroute.com
M. service@uniqueroute.com

製版印刷——沐春行銷創意有限公司

總經銷——紅螞蟻圖書有限公司｜台北市內湖區舊宗路二段121巷19號
T. 02-2795-3656｜F. 02-2795-4100｜www.e-redant.com

ISBN——978-986-95960-0-8
初版——2018年3月
初版第十次印行——2024年8月15日

定價——330元

新編 蟲洞書簡／王溢嘉著—初版．—臺北市：有鹿文化，2018.3．面；14.8×21公分—（看世界的方法；132）

ISBN 978-986-95960-0-8（平裝） 1. 散文 2. 華文創作 3. 勵志

856.286 ………… 106025151